異能怪談
赤《あか》異《い》本《ほん》

外薗昌也　著

竹書房文庫

序

去年僕は幽戸玄太著ＦＫＢ実録怪譚「厭霊ノ書」を読んで震え上がった。

さっそく自身のブログ「赤い日記」にそのことを書いた。とんでもない怪談作家が出現した！　と絶賛した。

それが年明けに突然「厭霊ノ書」の第二弾「忌魂ノ書」の解説文を頼まれて驚く。

なんと僕のブログを幽戸氏がお読みになり指名してこられたのだ。


僕は喜んでお引き受けした。

僕の書いた奇文章を読んだ担当編集氏が何を思ったか今度はＦＫＢ実話怪談「饗宴３」の執筆参加を依頼してきた。

平山夢明氏が主催する選りすぐりの人々を集めた怪談アンソロジー本だ。

もちろん僕は喜んでお引き受けした。

調子に乗った僕は素人の怖い者知らずで、思い出す限りの恐怖体験と今まで聞き知った話を書きなぐり送った。

けっこう編集サイドからの評判は良かったが量が多すぎた。編成の段階で何本か削られてしまった。

でも僕は本業が漫画家だから特に気にしなかった。

僕の拙い怪談が本に……あのＦＫＢに載っただけで満足だった。

それがどうした弾みか。今度は僕単体の書き下ろし怪談本書きませんか？　と話が来た。

何この展開？　わらしべ長者？（笑）

もちろんこれも喜んでお引き受けした。


ただ大きな問題があった。

ここまで読んできた読者の皆様は驚き呆れるだろうが、僕は実は「心霊否定派」である。

怪談本を読み漁り、テレビの心霊特番は必ず録画し、心霊動画をあまさずチェックする。

僕自身も恐ろしい体験を山ほどしてるのだがどういうわけか〝どうしてもオバケの存在を信じられない〟のだ。

科学的・論理的理由からではなく身体が受け付けない。

信じようとすると頭が割れるように痛くなってくる。よって信じられない。

こんな自分が実話怪談なんて書いていいのだろうか？　と今頃になって自己矛盾に悩みはじめている僕ににこやかに幽戸氏は言った。

「でも外薗さん祟られてるよ〜」

「え？」キョトンとする僕にさらに満面の笑みで幽戸氏は続ける。

「霊を信じられなくなる祟り。ベッタリ張り付いてるよ〜」

目から鱗が落ちた。

祟られてるから霊が信じられない〜なんて今まで考えたこともなかった。

なんという逆説的心霊肯定思考‼　疑いながら信じてるグレーポリシー！　これなら納得！

この一件から僕はようやく安心して怪談を書けるようになった。

墓場に持っていくつもりだった怪談の数々お披露目するとしよう。

目次

おもろい奴〜怪談大会

「とにかくおもろい奴なんですわー」

関西の証券会社に勤めるT氏は愉快そうに目を細め僕にそう言った。

T氏と同期入社したK氏はお笑い芸人の千原ジュニアそっくりの風貌で、笑いのセンスも抜群。入職式に向かう新幹線の席で隣り同士になった二人はたちまち意気投合、研修合宿の一週間、漫才コンビを組み毎晩の様に各部屋で漫才を披露し人気者になったという。

「それがおもろいだけやないんです」

K氏は霊感が強く……霊が見える、感じる、というのだ。

「そんなん言うてまたネタちゃうかと、みんな思うとったんですが……」

研修合宿の最終日の夜、同好の士で合宿所の大広間で怪談大会をすることになった。怖い話好きのT氏はもちろん参加。

「大広間には二十名ほどの同期生。怪談話は参加者からぽつぽつと語られました……。内容的にはよくある怪談話だったので他の人はともかく、私は恐怖を感じませんでした。しかしなぜか背中……背筋だけが異様に寒く感じてたんです」

その時K氏が突然大広間に現れたという。

K氏はT氏を探しにきたとのことで、ここで怪談大会をしているとはまったく知らない状況な筈なのに一言、

「あんたら何か変なことしてたやろ？　この部屋集まってるで！」

その場にいた皆は唖然とし、「こいつ何言ってるん？」という雰囲気になった。

するとK氏は一本の煙草を取り出して一服するとその煙草を部屋の中央に蝋燭の様に立て、部屋の扉をすべて閉める様に手近な人間に声をかけた。

「風がまったくなくなった室内でKの手にある煙草の煙は上に上がって……はいきませんでした」

煙は部屋の片隅に座っていたT氏に向かって一直線に流れてきたのだという。

「なんやこれ？」と皆の視線がT氏と煙に注がれる中、K氏が言った。

「Tさん、どいて。お前の後ろや」

T氏の後ろには押し入れがあるだけだった。


「ちょうど私が背筋に寒気を感じていた場所でした」

おもむろに襖《ふすま》を開け煙草《たばこ》の煙をK氏は追った。

「開け放した押し入れからは生あたたかい風が室内に流れてきました……。が、逆に煙は押し入れの奥、屋根裏へと吸い込まれていったんです。そう、風上へと」

呆然と皆が見守る中、K氏は煙の流れを追って押し入れの上部ベニヤを外し、天井裏に首を突っ込んでいた。

「なんかあるで」

K氏に促されT氏も上がる。

「その屋根裏がけっこう広くて。人が余裕で入れるんですわ。何が何やらわからんままKについて行ったら……」

二人は三メートルほど進んだあたりにビニールに包まれた物を見つけ、K氏が無造作にそれをつかむと下の広間に放り込んだ。

大広間からは悲鳴。

「天井裏から広間に下りた私たちが見たものはビニールに包まれた動物の骨でした。たぶん猫じゃないかな。死んだ猫が天井裏に置かれていたようなんです」

参加者たちは青ざめ、逃げるように各自の部屋へと戻って行く中、K氏はT氏に顔を近づけ小さな声で言った。

「今時けったいなことする奴がおるなー。誰かがこの旅館を呪ってるで」

「呪い？」

「そや、呪いや。あれは儀式のための屍骸やな」

K氏の言葉に驚いてるT氏の耳元で、K氏はぼそっとこう言った。

「まだここで働いとるで。その女、」

「この現代に呪いやなんて驚きますやろ？　私も驚きましたわ。でも……」

T氏はその言葉よりも、その時のK氏の険しい表情と目に縮みあがったという。

「黒目がなかったんですよ。Kの――」

寄せたりしたのではなくK氏の眼球から瞳が完全に消えていたのだという。

「ね。おもろい奴でしょう」

最後にそう言ってT氏は笑った。

おもろい奴〜お裾分け

そんなK氏について T氏は〈もうひとつ〉教えてくれた。

「Kがある病院で経験した出来事が非常に怖くて……」

十年前、K氏が甲状腺肥大で緊急入院することになった。

病状はあまり良くなく、手術を含めて六ヶ月以上の入院を余儀なくされた。

「はじめはあいつもおとなしくしておったんですが……」

長い入院生活で病院に飽きてきたK氏は親しくなった入院仲間とバカなことを思いついたのだという。

「病院内の人が死んでる場所で記念撮影したら何か写るんじゃないか?」

「ハッキリ言ってアホです。霊安室、手術室、一日前に亡くなった方の個室、屋上に祀《まつ》られてた鳥居など思い付く限りに写真を撮りまくったそうです」

また何か起きるんじゃないか？　とT氏はハラハラしていたそうだが、

「何も写ってへんかったそうで。本人はずいぶんがっかりしてました」

何も写ってない写真を見ながら「おかしいなー」と首を傾げるK氏を見て、怪談大会で見たあの〈異常な目〉はただの錯覚だったのかとT氏はほっとしたという。

それから間もなく退院し自宅マンションに戻ったK氏が妙なことを言いはじめた。

「部屋に一人でいると、どこからか、誰かがじーっと見てる視線を感じる」

厭な予感がしたY氏は引っ越しをすすめたが、

「決定的何かが見られそうな気がするわ」

とK氏は頑として聞き入れなかった。

ある日の夜、K氏はまたいつもの視線を感じた。

ワンルームの狭い部屋である。万年床の頭の部分にはテレビ、足元には玄関とキッチンがあるだけだ。

万年床にあぐらをかきテレビを見ていたK氏がぐるっと部屋を見渡すと、視界にふと人の顔が見えたように感じた。

「？？？……なんかおった？」

再び見回すが何もいない。小首を傾《かし》げまたテレビ画面に戻る。

するとまた視線を感じる。

もう一度玄関へ目を向けたK氏の目は簡易タンスと透明のプラスチックのボックスが積まれた壁との隙間に釘付けになった。

「ピョコンと小さな顔が出ていて、目が合ったそうです」

流石《さすが》のK氏もそれには驚き
「うわ、何してんねん」と突っ込みを入れたという。

そして、おもむろにタンスへ近付き後ろを確認した。タンスは壁にぴたりとくっついているので後ろに隙間はない。

「じゃあどこや？」

K氏はタンスにしまってあったTシャツに気づいた。般若心経がプリントされていて、病院で心霊写真を撮っていた時に着ていたTシャツだった。

「あぁ。これに憑いとったんかい」

と K 氏はその T シャツを丁寧……いや、無造作にビニール袋に入れて、翌日会社に持ってきた。

ニヤニヤしながら T シャツを持ち T 氏にこう言った。

「自分だけ怖い思いするのはおもろない。お裾分けや」

と、かねてから K 氏が反目していた課長の机下に T シャツを詰め込んでしまった。

その日一日、課長は落ちつきなくキョロキョロしていたという。

「K は机につっぷして課長のその様子を見ては一人笑いころげてましたが……」

K 氏の様子を見ていた T 氏は一緒に笑えなかった。


「鼻がなかったんですわ」

今度は K 氏の鼻が顔から消え、動物のような顔になっていたという。

ああ、こいつは人間じゃないんやなあ　と、T 氏はしみじみそう思ったそうである。

「ね。おもろい奴でしょう」

ちなみにその T シャツは T 氏が持ち帰り、今も保管しているという。

腐女子地獄

「すっごい私のファンみたいで、警戒はしてたんだよ」

人気BL漫画家のO先生は、自宅スタジオのソファーに丸々とした身体《からだ》を埋めながら気だるそうにそう言った。

BLというのはボーイズラブ……つまり美少年同士のアレやコレを描く濃いジャンルの略称。腐女子と呼ばれるオタク女性たちに熱烈に支持されている。

売れっ子漫画家になれば、毎月毎週の連載漫画を一人で描くのは物理的に不可能だ。

よってアシスタントを何人も呼んでのスタジオ制作をせざるを得なくなる。そうすると、漫画家の卵たちが大挙して押し寄せてくることになるのだが、だいたい絵ばかりを描いてる人種だから変わり者が多い。

特にBLジャンルは猛者《もさ》ばかりが集まるという。

「熱がすごいのよ〜。現実と虚構の差がないんだよ。特にソイツはすごかった」

編集部の紹介でアシスタントとしてやってきたM子は、身体全体から強烈なO先生ファンオーラを放射していたという。

「そしてすっごいオカルトに詳しいんだよ」

O先生はにこりともせずそう言った。

「オカルトマニアだったら僕もそうですけど……」と返す僕に、

「外薗さんとはケタ違い。だってソイツ、ガチなんだもん」

商業誌、同人誌と書き分ける売れっ子のO先生は、豪奢な邸宅に住んでおられる。

大勢の女性アシスタント達も仕事中は一緒に寝泊りし、さながら学生の部活合宿の様相を呈するという。

「夜遅くまで仕事するじゃない。だから翌日の昼前くらいにみんな起きてくる。そしてそれからまた仕事を始めるのよ、ウチの場合。でもM子は……」

いつも一人だけ早く起きて、朝から仕事机に向かっているのだという。

「そんなに早くから仕事してくれてるのかと一瞬、喜ぶじゃない。でも違うんだよね」

彼女は朝からずっとパソコンで、占いサイトをいくつも見て回っているのだという。

「そして『ハイ先生』って私の今日の運勢をプリントアウトした束を渡すんだ。親切心なんだろうけど、ちょっと引くでしょ？」

確かに僕とは違うベクトルの方のようである。

「仕事中も口にすることは、占いと前世とオカルトの話ばっかりでさ。私もそういう話は嫌いじゃないいんだけど、困ったのは……」

M子はO先生にしか話をしようとしないのだ。

他のアシスタント全員を無視するのである。それも毎日朝から晩まで。

「そのうちおさまるかとほっといたんだけど。他のスタッフたちとの関係もあるし、だんだんウザくなってきてね」

当然だがO先生は彼女と距離をとるようになっていったという。

「そしたらもっと困ったことになってね」

「困ったこと……ですか？」

「うん、他のアシさんたちに嫌がらせを始めちゃったのよね、ソイツ」

「辞めたい」と突然、一番優秀なアシスタントの一人が言ってきたのだという。「もうこれ以上は耐えられない」と。

慌てたO先生が話を聞き出すと、M子がO先生の見ていないところで他のスタッフ全員に嫌がらせをしていることが判明した。

嫌味を言ったり物を隠したりは日常茶飯事。難癖つけては脅しをかけてきたり文句を言ってきたり……。露骨な嫌がらせの繰り返しは、一日中顔を合わせているスタッフたちを精神的に追い詰めているのだという。

「私はそんなことに仕事場がなっているなんて全然気がつかなくてね。で、ソイツはスタッフを全員追い出して私と二人きりに……邪魔者抜きで私を独占したいんだなあってすぐわかったよ」

いくらなんでもそれはちょっとやりすぎだ。身の危険を感じたO先生はすぐに彼女を解雇する。

「ちょうど連載が一本終わったんで、仕事量が減ったからとかなんとか言いわけしてさ」

「おとなしく聞いてくれました？　こじれたんじゃないですか？」

僕は恐る恐る訊いてみた。

「うん、私も苦戦すると思ったんだけどね……」

意外にもM子はあっさりと辞めることを承諾したそうである。拍子抜けするほど軽々と「お世話になりました」と頭を下げると彼女は出て行ったという。

「なんだ、ならよかったじゃないですか」

意外な展開に僕も拍子抜けした。

僕の言葉にO先生は一瞬息を呑んで、暗い目になり言った。

「それがね……その後もソイツ、うちの家に残ってたのよ……」

「え？　家に残っていた？　どういうことですか？」

「彼女自身は確かに辞めたわ。もちろん二度と仕事場には来ていない」

しかし、その後もM子は家に居続けたのだという。

「私は一度も見てないんだけど……」

O先生が顔を強ばらせ気味に続ける。

M子がアシスタントを辞めてから二、三日後。

「M子があそこに立っていたんです！」

スタッフの一人が騒ぎ出した。夜中に仕事をしている時、ふと視線を感じて後ろを振り向いたらそこにM子が立っていたのだという。

「えっ？」と思ったら消えた。スタッフは蒼ざめた。それがことのはじまりだった。

恨めしげな顔をして、じーっとこちらを睨んでいる。

入浴中に背中に視線を感じ振り向くと彼女が洗い場の隅に立っていたり、真夜中の薄暗い廊下に立っていたり、夜食を作ろうと立った台所の隅にいる……。

どれも「えっ？」と思った次の瞬間には姿が消えてなくなっている。

「一番多く目撃されたのが階段の踊り場だったんだって」

O先生の屋敷の階段には広い踊り場がある。その踊り場に立たずむ彼女の半透明の姿をO先生以外の全員が目撃していたそうである。

「生霊っていうの？　スタッフ全員が怯えちゃってさあ。仕事どころじゃなくなっちゃって。本体であるソイツに直接文句言うわけにもいかないし、ホント困った」

困り果てていたある日、O先生は不意に足を滑らせ階段から落ちてしまった。

「幸い大したことなかったんだけど、落ちた時に踊り場の違和感に気づいたの」

ちょうど足を滑らした段が微妙に盛り上がっていることに気づいたのだという。

「階段と踊り場には繋《つな》がった絨毯が張り付けてあるんだけど、その端がちょっと不自然に浮き上がっていたのね。それに変な臭いもしたのよ」

妙な胸騒ぎをおぼえたO先生はその箇所を捲《まく》りあげてみた。

「そしたら……あ、これなんだけどね」

O先生は自分の仕事机の引き出しから小さな箱を取り出すと開いて見せてくれた。

僕はぎょっとした。

「コイツが絨毯の裏に隠してあったのよ」


箱の中にあったのはとぐろを巻いた汚らしい数十本の長い髪。それと何やら禍々《まがまが》しい図案や梵字が赤黒い薄墨のような物でぬたくった様に書かれている御札数枚。

「黒くて太いゴワゴワの髪質だからすぐM子のだってわかった。きっとなんかの呪詛だね。これを階段に仕込んで自分の生霊飛ばしてきたんだと思うんだよね」

おぞましい瘴気《しょうき》を発するソレを僕は手に取り、図案を指で辿ってみた。見たこともない図形と文字に妙に引き込まれる。

薄墨に時折塊《かたまり》のようなモノが混じっているのが見てとれた瞬間。

「触んない方がいいよ。それ月経血だと思うから」

「うえっ」

僕が放り出したモノを指先で汚らしそうにつまみあげ笑いながら小箱に戻すO先生。

「今はだいぶ消えたけど、見つけた時は凄い臭いしたんだよ。よくこんなことできるよね。ホントに腐女子だよね。ははは」

慌てて洗面所を借り、液体石鹸で手を洗った。

〈人間の持つ負の感情をわかりやすく形にしたモノ〉を触ってしまった指が粘つくように感じ、幾度もハンカチで拭う僕を愉快そうに眺めるO先生。

「で、どうなったんですか？　今も出るんですか？」

と僕が訊くとO先生は首を振り、

「男性スタッフ入れてみたんだ。ほら腐女子って男が苦手なの多いじゃん。そしたら効果てきめん、出なくなっちゃった」

確かにBLの世界なんて現実の男の姿からはかけ離れたファンタジーだ。それに陶酔している腐女子たちの中には現実の男性が苦手な人も多いとは聞く。

「外薗さんこういうの好きで集めてんでしょ？　この髪と御札さしあげましょうか？」

Ｏ先生の申し出を丁重にお断りし、豪邸を後にした。

以来、イベントやコミケ等で腐女子を目にする度に、指が粘つく感触がよみがえり気が滅入《めい》るようになった。

向こうへ行け

某出版社に勤めるHさんは、見るからに線が細く神経質そうな女性である。

五十路にして未だ独身。女性でありながら同性が苦手だと言い、何か女性を毛嫌いしているいる節のあるHさん。

そんな彼女は〈感じる〉人だ。

「特に学生時代、旅先なんかで感じることが多かったですね」

怖い話を聞かせてくれるという飲みの場で、Hさんは語り出した。

「なんか厭だな、ここ。気持ち悪いなぁっていう感じ。そういう場所では必ず金縛りにあうんです」

彼女が〈感じる〉場所は必ず過去に、事故があったり事件があったりと人死にが出ている場所なのだという。

「その日、出張で宿泊したホテルでも若干そんな気配を感じました。でも決定的なことは何もなくて、打ち合わせが終わり部屋に戻ると、平穏に過ごしていたんです。でも……」

夜になって布団に入り、いざ眠りに就こうとすると金縛りにあった。

「疲れが溜まっているのかな、とも思ったんですが、室内には例の異様な気配を感じました。大学時代によく感じた〈現実とズレた次元〉に無理矢理引きずり込まれるような感覚があったんです」

つまり、その時の違和感は結構〈強かった〉ということらしい。

肩をつかまれて、ガクガクと揺り動かされているように感じた。

「その日は仕事で割といいことが続いていて、私はすごく元気だったんです。だから……」

Hさんはその相手を〈見よう〉としてみたのだという。

「怖いので、それまではそんなことやろうとは思いもしなかったんですが、その時は精神的に高揚していたんですかね。自分に余裕があったので、見てやろうって思ったんです」

Hさんは〈見て〉みた。

白い服を着た女性のシルエットが浮かんでいた。

麦わら帽子のようなものをかぶっている。

〈感じ〉たり、金縛りになったりというのなら過去に何度もあった。しかし〈見た〉のはその日が初めてだったHさんはひどく焦った。

「き……気のせいだわ」

壁の隅にいたその女と目が合った気がした。次の瞬間。


ズズズズズズズズズ……


一気にHさんに向かって迫ってきた。

Hさんは〈見る〉のをやめた。目をぎゅっと瞑《つむ》った。

単なる幻覚だ、そうに違いないと自分に言い聞かせて、無理やり眠りに就くことにした。

幸いなことに、それ以上は何事もなく、朝までぐっすり眠ることができたらしい。

「翌朝、目が覚めて、ああ夢だったんだって安心したんです。でも……」

その日の仕事中。

一緒に出張に行っていた同僚のSが余《あま》りに多く欠伸《あくび》をするので「どうしたのか」と尋ねると、

「昨晩、眠れなかった」とため息をついた。

Sは、Hさんとは正反対の豪快豪傑を地で行く大の女好き。宿ではHさんの隣の部屋に泊まっていた。

彼に詳しい話を聞くと、昨晩、生まれて初めて金縛りにあったのだという。

幽霊などはまったく信じない性格だったのだが、大変恐ろしい思いをして眠るどころではなかったらしい。


うっ……うぅぅ……うぅぅぅ…………うっ……うっ……


夜中、ふと、女のすすり泣く声で目が覚めた。

ホテルの廊下に酔っ払いがいるのか、泊まっている客による痴話喧嘩か、と思った。

しかしそのすすり泣きは廊下から聞こえてくるわけでないようだ。

(何処《どこ》から聞こえているんだ?)

外からのようでもあるし、部屋の中で響いているようでもある。

すっかり目が覚めた彼は、訝《いぶか》しがりながら蒲団の中から気配を探った。室内灯を消して暗い部屋をアチコチと見回す。

枕元のフットライトだけが辛うじて家具の輪郭などを浮かび上がらせているだけで、怪しいものは何も見えない。

だが、やはり聞こえる。

喉を震わせるような、微《かす》かな嗚咽《おえつ》がどこからともなく闇を流れてくる。

靄《もや》に包まれたような泣き声が、徐々に大きく鮮明になってきたと思った瞬間、

バタンッ!


ハンガーに掛けて干しておいたタオルが大きな音をたてて落ちた。

声が突然、鮮明になる。

はっきりと女の泣き声が自分の周り、そして室内を歩き回っている。

そのまま金縛りになり、まったく身動きがとれなくなった。

室内を歩き回る〈得体の知れない何か〉の気配と声は朝まで続き、結局彼はそのまま一睡もできなかったのだという。


「壁の向こうから俺の部屋に入ってきた感じだったんだよなぁ」

Sのその言葉に、Hさんはあっと思い出した。

昨夜自分が金縛りにあった時に、心の中で叫んだことを——。

「女だったら、私じゃなくてSの所へ行けよ！」

思わず、女好きの同僚の名前を叫んでしまったのだという。


「あの女は律義にも彼のところへ行ったんですね」

Hさんの部屋から隣の同僚の部屋へ。

泣きながら壁を抜けて……。

同僚はそれ以降、派手な女遊びをやめたらしい。

覗く子

この話をEさんに聞いたのは、去年の初夏あたりだったろうか。

Eさんは、主婦中心で活動をしているバドミントンサークルに所属している六十歳を超えている年配の女性だ。ウチのかみさんがそのサークルのメンバーで、僕はその練習を見に行ったときに何度か顔を合わせていた。

Eさんは中学生の頃からバドミントンを始めたそうで、「県大会で優勝したこともあるんですよ！」と誇らしげに語ってもいた。

なるほど、確かにEさんの動きはとてもその年齢とは思えないほど俊敏である。明朗快活なEさんの性格と相まって、僕は妙に納得してしまった。

その日も僕はかみさんに付き合って練習を見学していた。

練習終了後、帰るまでの少しの時間をサークルの主婦たちとの何気ない雑談の輪に僕も参加していた。

こうやって何人か集まっての雑談の中からも、常に漫画のネタを拾おうとするのは僕の、いや作家としての職業病なのだと思うが、その日もついつい話を振ってみた。

「ところで最近、怖い話って聞いたことない？」

僕は当時から怖い話の収集をしていたからだ。

しかし、主婦たちの口から出てくるのは原発問題や地震、はたまた食品の安全性といった〈怖い話〉ばかり。

確かに主婦たちにとってはそういった話題のほうが、幽霊話などよりはるかに現実味のある怖い話なのだろう。

そんな中、ふとEさんが今までの活発な話しぶりとは一変して切り出した

「そういえば私、凄いの見ちゃったことあるよ……」

この時から一年さかのぼった夏、バドミントンサークルは伊豆へ合宿に行ったそうだ。

そこでの話なのだという。

言われてみて思い出した。確かに去年、ウチのかみさんも参加していたな、お土産《みやげ》はなんだったかかな？　などとぼんやり考えていると、主婦仲間たちが次々と話を続ける。

「あの民宿って運動部の合宿のための施設だったでしょ？」

「うん、小さな体育館とかあって凄かったよね～」

「今年も行こうよ」

最近では運動部向けの合宿施設なんてものがあるのかと感心していると、Eさんは、

「今年はイヤ。私、あそこには行かない」

と、やや不機嫌そうに言い放った。

「え～どうして？」

主婦たちが不満そうな声を上げる。そんな中、Eさんは少し声を落とした。若干顔が強《こわ》張《ば》っても見える。

「だって。私……見ちゃったのよ」

「見たって……何を？」

「私たち、一日中あの体育館で練習していたでしょ？　で、それをずーっと見に来ていた

男の子がいたんだけど、覚えていない？」

　主婦仲間たちはお互いに顔を見合わせる。

「え？　覚えてないわ」

「いたっけそんな子？」

　Eさんが少し声を上げる。

「いたわよ。窓から顔の上半分だけ出して、ずっと覗いてたのよ」

「あ！　いた！　隣の母屋の窓から見ていた子！」

「ああ、私も見たわ！」

　そうでしょう、といわんばかりにEさんがうなずいた。

「でしょ？　で、一日中私たちの練習を覗いてるもんだから気になってね……宿の人に聞いてみたのよ、誰かの御子息ですか？って。もし興味があるのなら一緒にバドミントンやりませんか？って。そしたら……そんな子は知らないって言われたのよ」

　一瞬の間をおいて主婦たちが「やだぁ～」と声を上げた。

「じゃあ、あの子なんだったの？」

　ここまで聞いて、僕は少し落胆してしまった。

大方、近所の子供が覗きに来ていただけなのだろう。

怪談話なんて取材で裏を取ってみると、九割九分がこの手の見間違いや勘違いだ。

人間は他人の視線が気になるものだ。電車の中で自分を見ている他人の視線にすぐに気付くように、視線に対しては違和感を感じるものなのだ。

そして、それが夏合宿といった日常と違った場所での出来事ならば、一層ミステリアスなものに感じられてしまうのではないか。

「それって、近所の子が覗いてたんじゃないんですか？」

僕は思ったままをEさんに訊いてみた。

「そんなわけないのよ。だってその子の後ろを何度も従業員が通り過ぎているんだもの。例え近所の子だったにしても、絶対にその子の姿を目撃しているはずだったのよ」

「……つまり、一日中その場所にいたはずのその子の姿を、目撃した従業員がいなかったということ……？」

僕は　隠れるのが上手い子だったんだな、としか感想を抱かなかった。

子供にとって、大人の目から逃れるスリルはたまらなく面白いものだろう。

「でもね、今だから話すけど……。合宿の最後の日、私、体育館に来てから部屋に携帯忘れたことに気付いたの。それで取りに戻ることにしたんだけど、窓を見るとやっぱりその子がいて、顔上半分だけ出してじーっとこっちを見てるの。少しイヤな感じはしたんだけれど……急な連絡とか入るとマズいし部屋に携帯を取りに行ったの……」

部屋に戻って携帯を持ったEさんは、体育館に戻る前に部屋の窓から廊下を見てみようと思った。

部屋の窓からは、体育館を覗いている男の子がいる廊下が見えるのである。どんな姿で体育館を覗いているのか、ちょっと見てみようと思ったのだという。

「ところが……、何もなかったの」

Eさんは少し震えているようだった。

「何もなかった？　つまり隠れる場所や隠蔽物が何もないということ？」

僕はよくわからなくて聞き返した。

「ううん、違うの……男の子の顎から下がなかったの」

宙に浮かんだ鼻から上だけの子供の頭部が窓に張り付いていたのだという。

Ｅさんは慌てて体育館に戻ったが、子供の頭部はそれきり見ることはなかった。それでも、練習が終わるまでずっと心の中で般若心経を唱えていたそうだ。

その話を聞いたあと、主婦仲間たちは一様に「もう合宿自体がいやだ」とまで言っていたが、Ｅさん含め次の年には別の場所に合宿に行ったらしい。

もちろんうちのかみさんも一緒だ。

主婦はたくましい。

女好き

「夢があっていいですね」

自分が漫画家であることを告げると、かなりの頻度で相手から返ってくる言葉である。

漫画界を楽しく愉快な夢の国だと思っている人は多いようだが、その実体はヘンタイの国だ。

三百六十五日朝から晩まで「面白いこと」を考えてなきゃいけないのだ。そしてそれを絵にして読者に提供しなくてはいけない。

時間の許す限り、自分に出来得る最大限の作品を提供しなければならない。手を抜けば明日はない。交友関係を断ち、睡眠時間を削って送り続けなきゃいけない。

物を作り出すことは楽しい。それが認められ、世に出回るのもまた嬉しいことだ。

しかし、いくらソフトクリームが好きでも毎日朝から晩まで食べられ続けるものじゃないのと同じ。すぐに苦痛になる。

許容範囲などすぐに超えてしまう。それでも食べ続けなきゃいけないからやがて精神崩壊が始まる。現実と虚構の境目がアヤフヤになって「理性」が剥がれて隙間ができる。〈魔〉の入り込む空間ができるのだ。


HというSF・ホラー・コメディーとなんでもこなす芸達者な、しかもイケメン漫画家がいる。物腰も柔らかく人好きのする男。

僕はこのHが嫌いだった。理由はわからない。とにかくムシが好かないのだ。

Hはいつも若くキレイな女の子を連れて歩いていた。初めて見た時には親子かと思った女の子が、あとで恋人と知り驚いた。

〈嫉妬かな?〉とも思ったがこの感情はそういった類のものとは違っていた。頭の一部がジンジンするなんとも言えない違和感があるのだ。

漫画家仲間のオフ会の席で、いつも温厚なHが珍しく僕にくってかかってきたことがあった。

「女はいいですよ！」「若い女は最高ですよ！」

自らの〈女好き〉を同業者が大勢いる飲み会の席で僕にアピールしてきたのだ。

Hは自らのレンアイ体験を漫画にフィードバックして作品を作っているらしく、そのために未だに独身を貫いているらしいのだ。

「恋愛しない作家なんて駄目駄目です。作家として終わってますよ！　恋をしなきゃ作品なんて描けません！」

「まあ、そういう作品の作り方もアリだよね、がんばってね」

作品の作り方など人それぞれで、相手の創作や作風にも干渉しないし、正直あまり興味も湧かない僕は以来、他のイベントでHに話しかけられても「はあ、まあ、どうも」と曖《あい》昧《まい》な笑みを浮かべて受け流すようになった。

Hの横には例の若い彼女。老いてますます盛んというかなんというか……。

それが何を勘違いしたか。僕とHの仲が良いと誤解した友人の一人が持っていたデジカメで三人の写真を撮ってくれた。

「はい、いきますよ。チ～ズ」

流れ上断ることもできずHとその若い彼女と僕と三人並んで写真撮影。マヌケなことに僕はピースサインまでした。

その翌日写真を撮った友人から添付メールが送られてきた。

「ああ、昨日の写真送ってくれたのか」とメールを開くとそこには奇妙な文章が添えられていた。

昨夜は乙《おつ》です

昨日撮った写真なんですが変です。

コレなんですか？　怖いんですけど（＞＜）

添付された画像を開いたとたん異様さに圧倒された。

Hとその彼女と僕が並んで写っている。僕はピースサインをしている。それは記憶通りだった。しかし、少々ブレて不鮮明であるもののおかしなのはすぐにわかった。

膨《ふく》れているのだ。

真ん中に立つ若い女の子の顔がパンパンに赤黒く膨れていた。

これではまるで死後数日経った水死体そっくり……いや死体そのものだった。

「うわっ！」

心霊写真の類は山ほど見てきたが、思わず声が出るようなこんなに異様な写真ははじめて見た。仕事でデジタルソフトはよく使うから加工してないのは一発でわかったし、友人はそういう悪戯《いたずら》をするタイプではない。

何より悪戯する理由がない。

僕は友人にこの写真を削除し誰にも喋らないように忠告するメールを送った。

こういうモノは無視するのが一番だ。無責任な言い方かもしれないが、僕らにはどうすることもできない。


それから半年も経った頃、友人から電話がきた。

「外薗さん大変なことがわかりましたよ。H先生って結婚してたんですよ！」

なんとHは既婚者だったのだ。しかも中学生の大きな息子までいたというのだ。

漫画のために結婚をしないでその恋愛を作品に描いているなど大嘘だったのだ。

そしてその人間関係も滅茶苦茶だったらしい。お互い割り切って付き合っているといった大人の関係でなく、結婚をちらつかせて手当たり次第に女性に手を出しては裁判沙汰になるといったことを繰り返していた。

狭い漫画業界のこと、噂はあっという間に広がりHが漫画関係者のイベントに出てくることはなくなった。

僕は正直ホッとしたのだが、一つ気になることが残った。

あの「死体写真」のことだ。

Hがまた別の若い女の子を連れ歩いているのを目撃したと、そしてあの若い女の子が行方不明になっていると風の噂で聞いた。

果たしてあの子は生きているのか死んでいるのか……。

僕が漠然と感じていたHの〈ムシの好かなさ〉の原因はこれだったのか？

僕はＨＤＤに保存していたあの画像を引っぱり出してみた。赤黒く肥大した女の子の異様な姿に鳥肌が立つ。

「こんな姿に変わり果てていなきゃいいが……」

初めて写真を見た時とHの顔が変わっていた。
なんともいえない厭らしい顔でHがニンマリ笑っていたのだ。
女の子の姿に圧倒されて気づかなかったのか？　それとも写真が変じたのか？
勝者の笑顔だった。

来年春からHの漫画がアニメ化するらしい。

夢魔

ヴァイオリン奏者として活躍するR氏という知り合いがいる。

端正な顔立ちと華奢《きゃしゃ》な身体つき、そして上品な言葉遣いに柔らかな物腰。男の僕でも惚れ惚れする氏を、我々仲間は敬愛を込めて〈王子〉と呼び親しんでいる。

そんなR氏が高校生の時、体験したという話だ。


真夏の夜のことだったという。

「寝苦しかったわけではなかったのですが」

R氏の部屋は二階で、男独特の気軽さで窓を全開にしてラジオもつけっぱなしで眠っていたそうだ。

それが明け方近く、不思議な夢を見た。

「窓から差し込む薄明かりの中、うとうとしている私の前に女が立っていたんです。寝ぼけていたんでしょうね。とくに驚くこともなく、ああ、窓から入ってきたのだなあ、とまどろみながらその見知らぬ女を見ていました」

女の顔は影になっていてよくわからない。

しかし浮かび上がるシルエットで、ショートカットの痩せた女だということはわかった。

「ほとんど裸でした。今でいうヒモパンだけを身に着けていました」

それは仰向けに寝ているR氏の腹部の上に、ゆっくりとのしかかってきた。

誘うように身体をすり寄せてくる。ほのかに温かい、淫靡《いんび》な重み。

まどろみの中で女は微笑《ほほえ》んでいるように見えたという。

R氏は女になされるがままであったそうだ。

薄く光る灰色の世界の中に妖しい気配が満ちてゆく。

貪るように身体をまさぐってくる女の感触に、身も心も溶けてしまいそう。

甘い体臭に頭はさらにぼうっとしてくる。

徐々に熱くなってくる女の吐息が耳をくすぐる……。

ペタリ

突然、額に冷たいものが貼り付いた。

「なんというか……蝙蝠《こうもり》が貼り付いた様な感じでした。いや、貼り付かれたことはないんですけど、きっと貼り付いたらこんな感じだろうなっていう……変な例えですけど。でも高校生だった私は初めて触れる女性の感触に興味を奪われて、まったく気に留めなかったんです。でも……」

女は突然態度を変えた。

強くR氏を押し離して、立ち去ろうとする。

R氏は女を引きとめようとしたが、女は先ほどまでとは打って変わって、まるで汚いものでも扱うようにぞんざいに氏の手を振り払った。

そして、刺々しい表情の中、一瞬だけ鋭い視線をR氏に合わせると、窓の外へ飛び降りるように消えてしまった。

一人残されたR氏はひどく落胆したという。

「あまりに急な展開で……ひどくガッカリしました」

つけっぱなしのラジオからは男の声が聞こえてくる。

R氏が再び眠りに落ちるのに時間はかからなかった。

「目が覚めたらすっかり明るくなっていました」

朝日の中、寝床でぼんやりと起き上がったR氏は額に違和感を持った。手をやると平たくて軽く、ひんやりとした感触の名刺くらいの大きさのものが貼り付いていたそうだ。

「御札でした」

R氏の額には祖母が高野山で買ってきてくれた御札が貼り付いていた。

「寝床の上の天井に貼り付けていたものでした。裏には僕の名が朱で記されていました」

剥がれて落ちたのは間違いない。

額に巧く命中したことも、そう不思議なことではない。

あれはやはり夢だったのか……?

薄明かりの中で触れた女の柔らかな肌の感触。匂い。そして吐息が、ラジオの音と混ざり合いながら生々しく蘇ってくる。

だがラジオから聞こえていたパーソナリティーの声がコメディアンFの声だったことを

思い出してR氏は笑った。

「当時まだ売り出し中だったFは、ラジオの枠を持っていなかったんですよ。ラジオに出てるわけないんです。だから、ああ、なんだやっぱり夢だったのだなあって」

一階の居間に下りたR氏は、テーブルの上に置いてあった昨日の新聞に目を留めた。

「なんとなく、一応確認してみようとラジオ欄を見てみたんです。そうしたら……」

なんとFがラジオに出演していた。

海外ロケに行ったレギュラーの代わりに、昨夜はFがパーソナリティーを勤めていたのだ。

「あれは夢じゃなかったと思います」

R氏は噛み締めるようにそう言った。

「少なくとも私の耳は起きていました。彼女は確かにいたんです。その後も窓を開けて待ち続けていたんですけど……彼女は二度と現れませんでした」

珍しく切なげな表情で目を伏せ、R氏はそう締めくくった。

何故、氏が今も独身なのかが、ちょっとわかった気がした。

動かぬ少女

これは看護士をされているRさんからお聞きした話。

彼女が小学五年生の時の夏休み、両親や友達家族とでキャンプに行った。

「そこは田舎の廃校舎を利用して作られた変わったキャンプ場でしたね。近くにキレイな川の流れていて」

一発で気に入ったRさんと友人たちは川遊びに興じた。

川遊びに飽きると古い木造校舎を探検してまわった。

そして、卓球台の置いてある教室を見つけたので、卓球をして遊び始めた。

教室のドアは取り外してあり、卓球台を外れた球が教室から廊下に飛び出してしまうのだが、何故か球は教室を出てすぐの場所に止まっていたり、何かに当たり教室に跳ね返ってくる。球を取りに行く手間がかからなかった。

よく考えると不思議なのだが、卓球遊びに夢中になっていたのでとの時は気にならなかった。


夕方になり、教室の中もだんだん暗くなってきた。

遊び疲れて椅子に腰を掛けて、まだ卓球を続ける友達を眺めていたRさんが、電灯をつけようとスイッチを探して廊下に目をやった時に、ソレを見つけた。

それは夕闇迫る空をバックに、教室の入り口に立つボンヤリとした小さな白い人影。

Rさんと同じ年代の少女の姿だった。

全身が半透明で、向こうの背景が透けて見えた。

よく注意して見ないとわからない「頼りない儚《はかな》い印象」だったと言う。

「怖くはなかったですねー。それより、この子がピンポン球を跳ね返してくれてたんだなってわかって嬉しかったの憶えてます。それと、コレは一体なんだろう？　と好奇心の方が勝り、その薄い少女を凝視し続けましたよ」

そしてRさんは言う。

「でも一番気になったのは少女の姿勢かな」

少女は、両手を胸の前でクの字に曲げた奇妙な姿勢で立っていた。

「なんでこんな格好してるんだろう？　ってそれが一番気になっちゃって、じーっと見続けましたよ」


「きゃーっ！」「わっわっ！　何？」

突然後ろから声が聞こえた。

友達たちも少女に気づいたのだ。

初めは驚き怖がっていた彼らもRさんと同じように好奇心の方が優先され、動かぬ少女の周りを恐る恐る取り囲んで観察を始めた。

「なんだろこれー」「オバケだよねー」「全然動かない」「なんでこんな格好してんだろ？」

次々と感想を口にする子供たちに囲まれながらも、少女は奇妙な姿勢のままじっと動かなかったと言う。

「中には少女に触ろうとする勇敢な子もいたけど、スカッと空を切る感じで全然触れませんでしたね」

「……でも、何も変化がないからだんだん飽きてきちゃって……」

　大人たちの夕飯を呼ぶ声に子供たち全員は、少女を残して教室から外へ飛び出てしまった。

「あとはカレーを食べて花火をして、キャンプファイヤーで歌を唄ったりして。目いっぱい遊んで、翌日の午前中には帰りました」

　透明な少女のことは忘れられ、夏休みは何事もなく過ぎていった。


　だが、夏休みが明けてから騒ぎになった。

　それはキャンプ場で、参加家族全員で撮った集合写真。

「ほかの写真がちゃんと撮れているのに、あの木造校舎の前で撮った写真だけ、おかしな姿勢で写っていたんです！　ええ、全員が、両手を胸の前でクの字に曲げるあの少女の姿勢で写っていたんですよ！！　もービックリしちゃて」

　写真を見たRさんたちは恐怖で凍りついたという。

　問題の写真はすぐに大人たちの手で集められ、お寺で処分された。そしてRさんたちは、学校でこれを話題にすることを禁じられた。

「大人たちは何かを知ってるようでしたが、私たち子供は最後まで何も教えてもらえませんでしたね」

しばらくしてキャンプ場は閉鎖され更地にされた。

あの廃校舎で何があったのか、あの少女は何だったのか今も不明なままだという。

出会い

その日は朝から仕事を始めて昼過ぎには終了。一つ終わってもその次が待っているのでここは気分転換。ちょっと横になってから再開しようと目を閉じたが最後、うっかり熟睡してしまった。

起きると部屋は真っ暗。二時間近く眠っていたようで気分は爽快だった。

そういえば不思議な夢を見た。

水色の服の女性が一人出てきたのをはっきりと覚えているが、あれは誰だったんだろう？　まったく知らない顔だった。

SNSに「今起きました」とアップすると仲のいいフォロワーさんの一人Lさんから「おはようございます。私も昼寝してスッキリ」と反応が来た。

「今まで眠ってましたよ」と返すと。

相手も「私も今まで眠ってました」と返事。

あれ?

よくよく聞くと僕と同じ時間帯に同じ量の睡眠とっていたことがわかる。つまり、二人は同時刻に眠っていたらしいのだ。

なんとなく夢に出てきた女性が気になっていたので、

「夢に見知らぬ女性が出てきたんですが。あれって……まさかLさん?」

半分冗談で問うと。

「私も夢でさかんに話しかけてきた男の人いたんですが。あれって先生?」

との返事。

「ははは。夢の中でLさんと会話していたのかな〜?　水色の服を着た女の人で胸の所にロゴが入ってるんだよ、KISSって英文字で」

速攻でコメントが返ってきた。

「先生、もしかして先生の寝ていた時の服装って紺色のTシャツにパンツは黒のジャージじゃないですか?」

僕はそのコメントを読んで一瞬空気が止まったような感覚に陥った。

「そうだけど……まさか？」

「私今、水色のトレーナーで寝ていたんです。胸の所にＫＩＳＳってロゴが入った」

偶然にしては出来過ぎで驚いてしまう。

僕は夢に出てきた見知らぬ女性に今の自分の仕事状況を必死で説明している夢を見ていた。締切を延ばしてほしいと泣き言まで言っていた気がする。

Ｌさんは四国に住んでいる方で、一度もお会いしたことはない。

蟻壷《ありつぼ》

マイナーながら雑誌数冊の連載をこなす若手漫画家S君から聞いた話。

S君は当時二十八歳。ある先生のアシスタントをしていた彼はとても焦っていたという。

「プロ漫画家のデビューは二十代でしておかないとまずい。三十過ぎたら絶望的！ という暗黙の了解が漫画業界にあるじゃないですか。当時は本当に焦りまくってましたよ」

アシスタント仕事の合間に各出版社に書き溜めた投稿・持ち込みを繰り返すのだが一向に埒《らち》があかない。このまま埋もれてしまうよりは！ と考えたS君は自分と同じ漫画家志望の友人を誘って同人誌を作りはじめる。

「友人がストーリーを考えて僕が絵に起こしたんです。二人三脚の制作体制は意外に効率が良くてあっという間に同人誌が完成したんです。一刻も早く反応を見たくなって……」

コミックマーケットで売り出してみると当時人気だったアニメのパロディ作品だったこともあって、驚くほどの売り上げを達成したという。

意気投合した二人は２ＤＫのマンションを借りて同居。二号三号と新刊を作っていった。アマチュアでも作品を発表できて、それを楽しみに購入してくれる読者がいる。非常に満ち足りた生活だったという。

「自信がついたからでしょうか。アシスタントと同人活動の合間に作った企画を出版社に持ち込むと採用されたんですよね。あれほどダメだったのにあっさりと通過してしまったんで拍子抜けしました」

掲載誌は増刊号。四回の短期連載だったがそれでも商業デビューが決まった。

同居人に一緒に喜んでもらおうとＳ君は喜びいさんでそのことを報告した。だがアルバイトから帰ってきた同居人は沈痛な表情でうつむき黙りこんでしまった。

「あいつも漫画家を目指して上京した身、いきなりデビューが決まってしまった友人を素直に喜べなかったんでしょうね。逆の立場だったらオレも落ち込んだかも……もうちょっと気を遣えばよかった。失敗しました」

肩を落とし無言で自室に向かう友人の後姿にＳ君は後悔したがもう遅かった。

それから二人の会話はなくなってしまったという。

毎日昼前に友人がバイトに出かけるとS君は起きて自分の仕事を始める。夜バイトから帰ってきた友人は挨拶もせず自室に引き篭《こも》って出てこない。

「それまでは帰ってきたらその日あったバカな話やアニメの話で盛り上がって大笑いしてたのに……」

寂しかったが気まずくてS君も彼の部屋に行きづらい。

そんなギクシャクした生活が続いていたある日。

いつものように友人が出かけた後、一人漫画を描いていたS君は太腿に〈チクリ〉と痛みを感じ飛び上がった。

「蟻でした。田舎にいるような大きな蟻が太股を噛んだです。暑い時で短パンだったんで」

蟻を叩き潰し部屋を見回すとS君は驚いた。部屋の壁や床を沢山《たくさん》の蟻が這い回っていた。

スプレー殺虫剤を吹き付けるとコロコロと丸まって死んでいく蟻たち。

蟻の死骸を片付けながらS君は不思議に思った。

「首を傾げましたよ。だって……」

S君が住んでいたのはマンションの最上階。蟻が上がってくるには高すぎる。しかも都会のど真ん中。土はあっても近所のベランダの鉢植えやプランターの土くらいのものだ。いったいどこから蟻が進入してきたのか見当がつかない。

とりあえず駅前の薬局に行き〈蟻の巣コロリ〉を買い部屋の隅に置いたのが効いたのか蟻の姿は見えなくなった。

夜になり友人が帰ってきたがいつも通り無言でバタンと部屋のドアを閉め、自室に篭ってしまった。その後なんの反応もない。

「その反応を窺《うかが》う限り、あいつの部屋には蟻は出ていないんだなってわかりました」

その日はそれ以上気にすることもなく、S君は仕事が終わり就寝した。

翌日の昼過ぎ。身体中を這い回る感触に目が覚めたS君は仰天した。

「部屋中！　オレの身体の上にも蟻が大量に蠢《うごめ》いてたんです！」

慌てて飛び起き寝ていた周りも殺虫剤をかけ蟻を掃除機で吸い込む。それでも蟻は次々と湧いて出てくる。

「ちくしょう。何処から出てきてんだ？」

注意深くあたりを観察すると台所に続く引き戸の隙間から蟻が這い出てきていた。

引き戸を開けてみるとこちらに向かって進む蟻の行列が廊下に続いている。

蟻の行列は友人の部屋から湧き溢れるように出てきていた。

「蟻の飼育セットかなにかを室内に持ち込んだんだのかと思い、頭にきた僕は〈留守時には互いの部屋に入らないという禁〉を無視して奴の部屋に入ったんです。そしたら……」

「飼育箱？　砂糖の袋があった？」

と僕。

「壷ですよ」

「壷？」

古ぼけた汚い壷があったのだという。

アニメのポスターやCD、フィギュアや漫画本が散らばる現代的若者の部屋のど真ん中に、ものすごく不似合いな様でぽつんと置いてあった。

壷の口から蟻が溢れ出し重なり波うち黒い筋となって廊下を横切っている。

「田舎で漬物とかを漬ける壷そっくりの壷。そこから蟻が大量に湧き出てるんです。わけがわからず呆然としました。でもその壷をよく見たら……」

文字が書いてあったという。

S死ねS死ねS死ねS死ねS死ねS死ねS死ねS死ねS死ねS死ねS死ねS死ねS死ねS死ねS死ねS死ねS死ねS死ねS死ねS死ねS死ねS死ねS死ねS死ねS死ねS死ねS死ねS死ねS死ねS死ね……。

「アクリル絵の具かなにかで壷全体に小さな赤い字でびっしりと……」

見慣れた友人の字だった。

「蟻を捕まえてきて壷に入れたのか、壷から湧いてたのかはわかんないんですけど…何かの呪いだったんでしょうね。あいつ、ネット中毒だったから何かのサイトで呪詛のやり方調べて実践したんでしょうね。引いた引いた。ドン引きしました」

部屋を飛び出したS君は不動産屋に駆け込むと、新しいマンションを契約。友人が帰ってくる夜までには引っ越したという。

「引っ越してからはいいこと尽くめで。連載も増えるわ、単行本は出るわ、彼女はできるわでウハウハです。あいつには感謝してますよ。田舎に帰ったって噂で聞きましたけどね……うっ！」

突然S君の顔が歪む。

《パチン》

「ちくしょう。また出たか」

毒づきながら叩いた腕をぼりぼりと掻くS君。

「どうしたの？」

「ほら、蟻ですよ。今も時々出てくるんです」

S君は手を広げて見せながら苦々しい顔でそう言った。

「……あいつまだ恨んでるのか」

ポソリと小さな呟き声が聞こえた。

そんなS君の様子を前に僕は呆然としていた。

広げたS君の手のひらには蟻も何もいなかったからだ。


S君が元同居人の企画を勝手に持ち出し自作としてデビュー……つまり盗作していたことを知人から聞いたのはしばらく経ってからだった。

最近彼の作品を誌上で見ない。

座る男

担当編集と打ち合わせ後に飲みに繰り出し、酔った勢いでキャバクラに行く時がある。

たいていは編集者氏の馴染《なじ》みの店で、彼のお目当ての子がいたりする。

普段はお堅い編集者氏が、鼻の下伸ばして喜んでいる様を拝むのは大変興味深いのだが、最近のキャバ嬢はなかなかどうして油断ができない。

〈また来てねー♪〉

店に行った翌日、携帯にメールが届いて驚いたことがあった。

こちらのメールアドレスを教えた記憶などなかったからだ。

そういえば……とよくよく思い返せば、トイレに立った時、テーブルに自分の携帯電話を置きっぱなしにしていた。

「あの時に盗まれたのか……」あっけにとられると共に慄然としてしまった。

時折、ビックリするほど清楚で可愛らしいキャバ嬢がいて「どうしてこんな子が？」と驚くこともあるが、よくよく見るとアクセサリーで隠している腕にリスカの痕や根性焼きの痕がチラリと見えて一気に萎える。

人生色々だなあ、と考えさせられてしまい楽しむどころではない。

ただ座っていても時間の無駄なので、いつの間にか、

「怖い話ない？」

とキャバ嬢に取材するようになった。

これはそうやって、とあるキャバ嬢から聞き出した話である。

「どうもー」

控えめな笑顔と女の子にしては低い声。

ちょこんと頭を下げて席についたのは、大人っぽい落ち着いた雰囲気のP子だった。

今まで隣に座っていたのがけたたましいテンションの子だったので、なんだかほっとした。

キャバ嬢が交代する度に、僕はすかさず同じ質問をする。

「怖い話ない？」

Ｐ子はサッと表情を曇らせた。

「え？　怖い話ですかー？」

おっ。何かありそうだ。俄然《がぜん》、期待が高まる。

「そうですねーぇ。少し前にー部屋に男が座ってたことがあってー……」


彼女がまだＯＬとして働いていた頃のことらしい。

夜中にふと目を覚ますと、暗い部屋の隅に後ろ向きで男が座っていたという。

「はじめは、泥棒？　と思ったけど、そいつ動かないの」

後ろ向きで正座をした姿勢のまま、その男は少しも身じろぐことなくＰ子の部屋の隅に座り続けていた。

何もしてこないので観察をしているうちに、いつの間にか眠りに落ちてしまい、気がつくと朝だった。

結局あの男の姿は夢か現《うつつ》かわからない。そんなことの繰り返しが続いたという。

「二、三ヶ月はそんな感じでー」

「え？　二、三ヶ月も？　怖くなかったの？」

「それが不思議と怖くないのよ。それに……」

男の背中を何処かで見たことがあるような気がしたのだという。

でも思い出せない。

絶対、見たことがあるはずなのにどうしても思い出せない。歯がゆくも答えを掴み出せない。


「後ろ向きで顔が見えないから、段々イライラしてきてー。その男の顔を見ればすっきりすると思ったの。それで……」

P子は、相変わらず部屋の隅で背中を向けて座る男の前に回り込んだのだという。

「えーーー!?」

意外な展開に思わず声をあげる僕。

するとP子は、さも愉快そうにケタケタと笑い出した。

「そうそう！　あいつもそんな顔してた！」

回り込んできたP子に座っていた男も仰天したらしい。でもその男の正体がわかった。

「そいつ、中学時代にみんなでいじってた奴だったんだよねー。二年の時に交通事故で死んじゃっててさ。あれ？　自殺だったっけかな？　ま、いいや、どっちでも。それで、なんだお前かよってデコピンしてやったら焦った顔してさ、そのますーっと消えちゃった」

それ以来、男は現れなくなったそうである。

「でもそれから、デコピンした人差し指の爪が伸びないの。ま、つけ爪しちゃうから関係ないんだけどさ」

P子はあっけらかんとそう言うと、綺麗にデコったネイルでぱちんとグラスを弾いてみせた。

P子の店には今もよく行く。

木の立ちふさがる家

同人サークル関係で知り合った大学生D君。
そのD君が、僕が怖い話を集めていることを知り、「怖い話ありますよ」と教えてくれた話。

D君の通っている大学は公共交通機関の便がとみに悪いらしく、そのためにバイク通学する学生が多いという。D君もそんな中の一人で、同じ大学のバイク仲間でツーリングするようになったという。

その日も県境近くの山中を仲間とツーリングしていたのだが、その途中、山道に沿ってぽつんと建つ一軒の家を見つけた。ひと気のない山中に突然現れた家は異質で、妙に興味をそそられた。

誰が指示するでもなく皆バイクを路肩に停め、その家を注視したという。

「人の住む気配のない小さな……どう見ても廃屋なのですが……どうにもこうにも変な家だったんです」

「変な家？」

思わず訊ねる僕にD君は困惑した顔で首を傾げる。

「いえ、家自体は普通の民家なんですけど、木が生えてたんです」

「木？」

「はい、その家の玄関の真ん前に杉の木が一本立っていて、出入りを邪魔するような格好になっているんです」

おかしな家だなー、あれでどうやって入るんだろう？　と皆で話しながら眺めているうちに、むくむくと好奇心が湧き上がり《家に近づいて確かめてみよう》ということになった。

家の前まで来てみるとやはり、玄関の真ん前に立ちふさがるように杉の木が生えている。

「なんでこういうことになったんだろう？」

「家族がいなくなってから生えてきたのかな？」

「いや、ここまででかくなるのは時間かかるだろう」

「でもこの家、まだ新しいよね」

そうなのだ。廃屋ではあるが、古くはない。

杉の木を取り囲み、見れば見るほど不思議で説明しづらい光景に湧いてくる疑問を皆で口にする。どう見ても、家の築年数よりも杉の木のほうが年を重ねているように思えた。わざわざ杉の木の前ぎりぎりに家を建てるなんてことがあるのだろうか?

仲間の一人がドアノブを回し、玄関扉を押してみた。鍵がかかっていない。すぅーっと扉が奥に飲み込まれる。なるほど、内開きのドアだ。中を覗き、顔を見合わせる。そのまま流れ的に、D君たちは屋内に入ってみることにしたという。

「杉の木が玄関の真ん前にあるといっても身体を横にすれば入ることはできました」

家の中は荒らされておらず、襖《ふすま》もすべて外され壁に立てかけられ奥までよく見通せたという。

「ビックリするほど中は綺麗でしたね。少しですが調度品も残っていました。仲間ははしゃいでましたが……」

喜んでいる仲間たちとは反対にD君はだんだん不安な気持ちになってきた。

「だって、田舎の廃屋とかって地元のヤンキーとかが荒らしに来るじゃないですか」

その家は荒らされた形跡はおろか、畳や床には靴跡一つなかったのだという。

《……なんか変だ》と感じ始めたその時、

「おお！」

「これは！」

仲間の声にＤ君ははっと我にかえった。

見ると仲間が一枚の手鏡を手にして騒いでいた。床に落ちていたのだという。

「わりと小奇麗な鏡だったので友人はそれを記念にって失敬して帰ることにしたんです」

《厭だな。やめておけよ》とＤ君は心の中で思ったが、

「ひかえい。ひかえい。この鏡が目に入らぬか！」「へへーっ」と鏡を水戸黄門の印籠に見たててふざける仲間たちを見て見ぬ振りをすることにした。

「とにかく僕は早く家を出たかったんです」

その後、特に何も変わったことはなく、やがて退屈してきた彼らはその不思議な家を後にした。

「その家と木が見えなくなった時にはホッとしました。でも……」

その日の夜中、突然のインターホンの音にD君は起こされた。

寝入りばなを起こされて不機嫌になりながらアパートのドアを開けると、今日ツーリングした仲間の一人が立っていた。

「あの鏡を持ち帰った奴でした」

仲間はぶるぶる震えながら、泣きそうな顔で「今晩泊めてくれ」と言う。ふと足元を見ると裸足だった。

友人のただならぬ様子に一気に眠気が飛んでしまったD君。

「どうしたのかと訊くと、部屋に何かがいるって言うんです」


その夜、友人はなかなか寝付けなかったのだという。

何度も寝返りをうち壁の方を向いて横になっていると、ふと、背中を向けた部屋の中に《何か》の強烈な気配を感じた。明らかに誰かが背後にいる。

頭が真っ白になる。

背後の何かの気配を感じ取ろうと全神経を背中に集中させると……。

ずるーっ――ずるーっ――ずるーっ――……

何者かが畳の上を摺《す》り足で歩く音が聞こえる。

(泥棒？　いや、部屋に誰かが入ってくる気配はまるでなかった……)

いや、そもそもここは畳じゃない……フローリングだ。

全身にどっと汗が吹き出る。

友人は振り返ろうにも振り返れず全身を耳にして摺り足の音を聞くだけだった。摺り足音は部屋をぐるぐると廻っている。

(なんなんだ？　なんなんだ？　なんなんだ？)

友人は身じろぎもできずに息を殺して布団にしがみついていた。


どのくらい時間が経っただろう。いつの間にか足音は止み、部屋は静まりかえっていた。

(やっといなくなった……いや、ただの気のせいだったのか？)

ほっとした友人はようやく背中を向けていた方へ寝返りをうった。

「ひっ……」

息がかかるほどの目の前に女の顔があった。爬虫類のように四つん這いになった女が首を曲げ、奇妙な角度でこちらを覗きこんでいた。

ワンピースを着た髪の長い痩せた女。顔中に蛇ののたくったような疵《きず》跡があった。

女はさらににじり寄り、互いの鼻先がかすめるぐらいに顔を近づけると囁くように、

「……返してぇ……………」

と、呟いた。

恐怖で目を逸《そ》らすことができない。土臭い女の息に吐き気がこみ上げてくる。

室内灯にわずかに照らされた女の顔にのたくる疵が、何かの文字であるらしいことに気付いたのはその時だった。

「顔には《ドレイ》って書いてあったそうです」

それからどうやって部屋を出てD君のアパートまでたどり着いたのか、友人は何一つ憶えていなかったという。

「あの鏡を取り戻しに来たんだな、と僕は思いました」

夜が明けすっかり明るくなってから、D君は嫌がる友人を引っ張って部屋に戻ってみた。

「鏡は散らかった友人の部屋の隅の雑誌類の間に落ちていました。部屋の中を歩き回っていたのは鏡を探していたからなんでしょうね。しかしこんな所に落ちていたんじゃ見つからないよなあと、オバケにちょっと同情しましたね」

あれは夢だったのかもしれないと友人は主張したが、D君の説得で二人してあの家に鏡を返しに行こうということになった。

大学を休み、件の家にたどり着いた二人は唖然とする。

「木が大きくなってました」

昨日来た時よりも明らかに杉の木の枝振りが広がり、幹が太くなっていた。おかげで玄関から入るのが大変だったのだという。

「わずか一日で、ですよ？　一日で木ってあんなに大きくなるもんですかね？」

鏡を元あった場所に戻し、這い出すように家の外に出て杉の木を見上げたD君はふと《この木って警告なんじゃないか？》と思えてきたという。

この家で何が起き、廃墟となったのか。ドレイ女が何者で、この家とどんな関係があるのか……わからないし、知りたくもないが、《入るな！　近づくな！》という意味を込めて木が生えてきたのではないのか？　という考えがD君の頭に湧きあがってきたその時、

《ザザザーッ》

風もないのに木の枝が、いや杉の木全体が身をよじるように大きく揺れたそうである。

「枝の間々に僕たちを見下ろすたくさんの人の顔がありました」

目の飛び出した顔、ひしゃげた顔、膨らんだ顔、蕩《とろ》けた顔……変形した無数の顔たちがD君たちと目が合った瞬間一斉に笑ったという。

その後どうやって家に帰ったのかD君は憶えていない。


写真を撮りに行きたいから家の場所を教えて欲しい。と僕はD君に頼んだのだが、

「もう入れませんよ」

と、強張《こわば》った顔で笑って教えてくれなかった。

秘密結社～ある漫画家

　去年参加したある出版社の飲み会で漫画家Ｆ氏と知り合った。

　Ｆ氏の描くギャグ漫画のシュールさが大好きだった僕は愉快なエピソードが聞けるものと期待して声をかけてみた。

　しかし、返ってきたのは愉快とは違う奇妙な話だった。

「外薗先生の描いてるホラー漫画ってあれ、実話でしょう？」

　と真面目な顔で言われて驚く。

「漫画にする上で脚色と誇張は加えてるだろうけど……大まかなとこは本当にあった話ですよね？」

　以外な展開だった。返す言葉がなかった。当たっていたからだ。

「よくやるなあといつも感心して読んでますよ。躯《からだ》張ってるっていうかなんていうか……

でも、気をつけてくださいよ」

投げやりな表情で紫煙を吐き出しながらF氏はそう言った。

「はあ、まあ、気をつけます」

予想外の反応に混乱しつつ僕は曖昧《あいまい》に返事する。

なんだ？　何が言いたいんだろう？

「僕の友人だった男の父親がルポライターやってたんですよ」

唐突に話が変わった。

「はあ」相槌をうつ僕。

「その父親が行方不明になりました」

「は？」

一体何の話かと混乱したがもう遅かった。奇妙な話は奇妙な現実へと動き出してしまった。

F氏の友人の父親は大人向け週刊雑誌で、主に芸能人のスキャンダルを暴き記事にする仕事をしていた。

〈噂を聞きつけては芸能人を追いかけ、住居近くに潜みゴシップを物にする〉といった今でいうパパラッチみたいなものか。

その強引さは業界でも有名で、時折芸能人と暴力沙汰を起こしニュースにもなっていたそうである。

「ちょっと前に陰謀本って流行《はや》ったでしょう？　ユダヤ人や秘密結社が世界統一だか世界支配だかを画策してるっていう内容の本」

それなら僕もよく読んでいた。

世界中の政府を影から支配している秘密結社が色んな革命を指揮したとか。

アメリカドル札に結社のシンボルが印刷されてるとか。

国民の額と腕にバーコードをプリントし完全管理するとか。そのバーコードの頭と真ん中と終わりの数字が６６６になってるとか。

「あったねー。それがどうしたの？」

「これ」

Ｆ氏は僕の前に手を突き出し奇妙な指サインをしてみせた。

それはある有名な結社の構成員たちが自身が結社の人間であることを示す時に使う指サインだった。

「まさか……」

「ええ、その父親も陰謀ブームに乗っかって便乗本出すことになったらしいんですよ。そしていつも通りに突撃取材をかましてしまった」

「はあ?」

巷《ちまた》にあふれる陰謀本は出所の怪しい海外のオカルト本からのネタの寄せ集めで構成されている本が殆んどである。ろくに取材もせずに本だけを読み、その知識を元にして……あとは著者の妄想で形作られる。

それでも様々な海外の陰謀史観を翻訳して紹介してくれたのはありがたいことである。僕はそういったトンデモ本が好きであれこれと読み漁っていた。

しかし、ブームの最後の頃は国内に溢《あふ》れた様々な陰謀本からの頂きだらけになっていった。怪しい内容の本を適当に翻訳し、それに作者の主観を交えて本を作る。更にその本を読んだ別の作者が自己流の解釈で同じような内容の本を作る……劣化コピーの無限増殖の果てにブームは下火になる。

売らんかなの刺激的展開のみを追及していくうちに秘密結社の大ボスは実は宇宙人で、ロズウェルで大統領と密約を交わしていた！　などといった闇鍋的展開に堕していき、読者もついていけなくなる。

ブームは去った。僕も読まなくなった。

それを〈突撃取材〉って……どういうこと？

「ある結社の支部が東京にあるの知ってるでしょう？」

F氏は続けた。

そこに友人の父親は食いついたのだという。

「取材を始めてから数日後に、物凄いネタをつかんだ！って興奮して父親が家に帰ってきたんです。そして……」

翌日から帰ってこなかった。

方々手を尽くして探したが見つからず、いまだに消息不明だという。

「それは凄い話ですね」

僕は適当に返した。だってよく聞く話だったからだ。UFO目撃者が黒いスーツ着た男達に連れていかれる話と同じノリ。知人本人が消えたのならともかく『友人の父親が～』というあたりで怪しくなる。僕はしらけてしまった。

「お父さんが残していったメモとかあったら見たいなあ」

冗談半分で訊いてみた。

「僕コピー持ってますよ」

F氏はこともなげに返してきた。


その夜、家に帰るとF氏からのメールが届いていた。

「データだとまずいから直接お会いして見せます。いつくらいが都合がよいですか？」

半信半疑だったがもし本当なら凄い話だ。

「いつでもいいですよ！」と興奮しつつ僕はレスした。

その後、何度か連絡してみるが半年経っても返事は来なかった。

「やっぱりウソだったか」とガッカリしたが、ギャグ漫画のネタにはなるからいいかと思い直しすっかり忘れてしまった。

最近、ある出版社のイベントに出席中に
「外薗さん？」と声をかけられた。
ふり返ると見知らぬ青年がニコニコと笑って立っている。
「どちら様ですか？」と問う僕にその青年は笑顔のまま答えた。

「Fですよ。忘れたんですか？」

「あっ。ああ、先日はどうも」

曖昧に返事をしつつ僕は動揺していた。

半年前に会ったF氏とはまったくの別人だったからだ。

同姓同名？　いやF氏のようなわかりやすいペンネームの作家は他に聞いたことがない。

整形というレベルではなく完全な別人だ。並んだ時の背の高さもまったく違っているのだから。


……では彼は一体？


彼は僕の知っているFの名を語り、親しげにひとしきり会話を交わすと会場の奥に消えていった。何を話したのかまったく憶えていない。

これは警告なのだろうか？

……もしもあのメモを受け取ってしまっていたなら、深入りしていたなら、僕も別人にすり替わっていたのだろうか？

その後、F氏の作品を誌上で見かけてはいない。以降、彼とも会っていない。

秘密結社〜ある作家

よく読むホラー小説の中に時折「不可解な作品」を見つける。

話としては確実に破綻している作品。ストーリーも意味がわからず、オチもよくわからない。しかし実体験とはストーリーとして破綻しているものだ。自分が生きている日常にヤマ場もオチも感動的な場面も滅多に起こり得ない。そこにはカタルシスなどない。

それらが実体験なのか創作なのかは普通ならば確かめようもなく、やがて忘れてしまうものだが、出版社のパーティーや作家同士のイベントなどで偶然その著者に出会ってしまうことがある。

これはそういう作家さんから聞いた話。仮にAさんとしておこう。

名刺を頂き「あの本書いた人だ！」と気づき興奮を隠しながら挨拶。後日メールでアポを取り喫茶店で落ち合った時の話だ。

Aさんの書いた本の内容は、イギリスのある有名な魔術師の書いた魔術実践本を、翻訳する仕事している編集者がその仕事の過程において様々な恐怖体験をするという話だった。初めは緊張し、やや頑《かたく》なだったAさんもホラーやオカルトのバカ話をしている内にだんだんと打ち解けてきた。

タイミングを見て〈僕が気になってしょうがなかったあの本〉の話をふってみた。

途端ににこやかだった顔から表情が消えた。ため息をつくAさん。ガックリと肩が落ち目の光も弱くなる。周囲の背景がグニャリと捻《ねじ》れて見える。

「ああ……あの本読まれましたか。あれ、実際にあった話なんだよね」

遠い目をしてAさんはその時何があったのかとうとうと語り出した。

「あの本に書いた恐怖体験は俺が実際に体験したことがほとんどなんだよ。でも実はもっととんでもないモノまで見ちまったんだ」

「とんでもないモノですか？」

「あの本には書かなかったけどね。聞きたい？」

もちろんソレが聞きたくてやってきたのだ。僕は先を促した。

その頃出版社に勤めていたAさんは、件の魔術書の翻訳仕事にぐったりと疲れ果てていたという。

聞き慣れない専門用語で埋め尽くされた難解な魔術書の翻訳なんて、簡単な仕事じゃないのは容易に想像ができる。

そんなある日、ある人物が出版社に訪ねてきた。

「御社が今翻訳している魔術書についてお聞きしたいことがある」という。

受付から内線電話でその人物の名前を聞くが、Aさんにはまるで心当たりがない。何よりもこの翻訳仕事は社外にはまだ知られていない企画だった。

「一体何処から嗅ぎ付けて来たのか？　海外の著作権関係者が訪ねてきた？　何か問題でも？」首を傾げながらAさんは人物の待つ一階の談話室に向かった。


上等なスーツに身を包み、爽やかな笑顔の美青年が談話室のソファーに腰掛けSさんを待っていたという。

「大変素晴らしいことです！　あの魔術書を翻訳し日本に広めることは大変有意義です！

本当に素晴らしい！」

と一方的に称賛するだけ称賛すると、その青年は帰っていった。

Aさんはボンヤリとその青年の話を聞いているだけだったという。

「まるで話が頭に入ってこないのよ」Aさんは恐々とした表情でそう言った。

「どういうことですか？」

言われている意味がわからず逆に訊きかえした。

「……ちっちゃいんだよ」

囁くようにAさんは言った。

「ちっちゃいって？」

「その男、凄く小さい男だったんだよ」

「ご病気か何かですか？」

「いいや、それなら手足の長さや頭身の比率が全然違うからすぐわかるさ。でもそいつは手足の長さ頭身は健常者と同じ比率なのに小さいんだ。普通の人間をギュッと圧縮した感じなんだよ。マトモじゃない。そんなのが目の前に座ってずーっと喋ってるのさ。こっちは『コイツ一体何なんだ？』ってそっちの方に頭がいっちまって話なんか頭に入ってくるわけがない」

「待ってください。受付嬢もそいつを見たんでしょ？　なんて言ってました？」

「俺に電話したのは覚えてるけど、そいつの姿は覚えてないって言うんだよ」

「一体何なんですか？」

「造られた者」Ａさんは吐き捨てるようにいった。

「はあ？」

「作り物のにおいがするんだよ、そいつからは。誰かに造られた存在。人間じゃない。もっとチャちいんだ」

「作り物って…」

「魔術用語で言えばホムンクルス。日本じゃ式神とかか？」

　予想外の答えに僕は驚いた。

　ホムンクルスとは中世の魔術師たちが造っていたといわれるフラスコやビーカーの中に人間の精液と薬草を容《い》れ何日も煮込んで作る人造人間のことだ。

「信じられないだろう？」

　Ａさんは僕の困惑を読み取ったように言う。

「え、ええ、まあ。ちょっと」

認めるしかなかった。

「だよなあ。俺も実際に見てなければ信じない」

Aさんはため息をついてから説明してくれた。

「いろんな雑誌によく載ってる広告知ってるだろう？　恋が実るペンダントとか。タロットカードとか。成功する石とかの安っぽい通販広告」

「ええ、それなら見ます。女性誌とかに多いですよね」

「あれって魔術結社が制作販売してるのもあるんだってよ」

「魔術結社？」

日本各地に海外の魔術結社の支部があり、胡散臭《うさんくさ》い魔法グッズを売った資金で運営活動しているとAさんは言う。映画『ローズマリーの赤ちゃん』に登場していたような魔術結社が日本にも現実に存在しているというのだ。

「魔術の世界もいろんな派に分かれてるらしくてさ。自分らとは違う流派の魔術書の翻訳出版するってのが面白くない連中が、嫌がらせにアレを送り込んできたんだよ」

「嫌がらせのためにわざわざ？」

「驚いたろ？　自分で色々調べてわかってきたんだ。怪しい組織同士の関係図みたいのを。

俺も最初は信じられなかったがアレを見ちゃったら信じるしかないよな」

「あのチャちい生き物はホムンクルスとしか考えられなくなってきた。そりゃあ昔と今は違う。クローンとかあるのかもしれないが、造られた存在ってことではアレはホムンクルス以外の何者でもな……」

そこで突然言葉を止め、僕の背後に視線を泳がせ始めるAさん。キョトキョトと動く大きく見開かれた目には怯えの色が浮かんでいる。

「え？　何？」

後ろに何かあるのかと僕が振り向こうとすると
「見るな！」

Aさんの一喝に驚く僕にAさんは青ざめた顔で言った。

「見るな。あいつらの顔見たら終わりだよ。ずっと付き纏《まと》われる……俺みたいに」

それから後ろを見ないように家に帰りつくまでの二時間の間、生きた心地はしなかった。

秘密結社〜ある友人

フリーメイソンやイルミナティーは有名だが、我々が暮らす日本にも秘密結社があるらしい。

九州の実家から東京に逃げ帰った僕が、一時期つるんで遊んでいた仲間たちがいた。漫画家イラストレーター画家写真家などを目指すクリエイターの卵の集団だった。

みな若く金も仕事もないから、集まっては町の玩具屋巡りをしたり野山を散策して山菜を採ったりと、まるで中学生のようなことをして持て余した時間を潰していた。

やがてデビューする者が現れ、会社に就職するなどして、それぞれ忙しくなり連絡は途絶えがちになった。

その仲間たちと十数年ぶりに集まることになったのだ。

久しぶりに仲間たちと再会し、酒を飲みながらの懐かしいバカ話は大いに盛り上がったのだが、そのメンバーの中に美大出身で画家を目指していたYの姿だけがなかった。

「Yはどうしたの？」

と僕が訊くと、賑やかだった仲間たちの顔がサッと曇り、皆一様に黙り込んだ。不穏な空気が場を包み込む。

なんだ？　Yは何かをやらかしたのだろうか？　と思っていると、

「あいつは出世したから来ないよ」

と、そわそわと落ち着かぬ様子で仲間の一人が返してきた。

「出世したって？　なに、あいつ売れたの？　凄いじゃん」

と興奮する僕に、

「うん、ま、売れたっていうかなんというか……」

曖昧な笑みを浮かべながらそいつは周りをきょろきょろと見回し、顔を近づけて囁くような小さな声でこう言った。

「大変なことがあったんだよ」

絵が売れずに生活が困窮していたYは知人のつてで古墳発掘のバイトをしていたという。

ハケを使って指定された区域の地面の土を掃《はら》い、土器を探す仕事だ。

バイト代は安かったが、古代史に興味があったYは楽しみつつ働いていたという。

その日も丁寧に土を掃っているとYは珍しい物を見つけた。

「俺たちも見せられたけどキレイな翡翠《ひすい》の勾玉《まがたま》でさ」

出てきた勾玉を一目で気に入ったYはポケットに入れて持ち帰ってしまったらしい。

工具を使って穴を開け紐を通し、ペンダントにして首からさげて出歩くようになったのだという。

「おいおい、歴史的に罰当たりな奴だなー」

と僕は呆れながら笑う。しかし仲間たちはにこりともせず暗く硬い表情のままだった。

ペンダントをさげて町を歩いていたYは、ある女性に声をかけられたという。

「で、声かけられてそのままホテルに直行」

「はあ？　それ逆ナンてこと？　それとも商売女？　ちょっと危なくない？」

「まあ確かに危ないよな。でもそれがモデル級の超絶美女だったらしいんだよ。舞い上がったYはノコノコついてったらしい」

部屋に入るとすぐに女は服を脱ぎ出したという。そして裸になった女を見てYは腰を抜かす。

「女の背中一面に刺青が彫ってあったそうだ」

「ヤクザ関係の女だったのか？」

予測しない方向へ転がる話に僕は混乱しながら訊き返す。そんな僕に仲間たちは暗い目で答える。

「いや、ヤクザじゃないんだ。ヤクザより怖いっていうか。ヤクザの彫る刺青って映画とかでお馴染みの唐獅子牡丹とかじゃん」

「でもその女の背中に彫ってあった刺青は……ほら、こんな感じの」

イラストレーターの仲間の一人が鞄からクロッキーブックをとり出すとサラサラと書きあげ見せた図に僕は絶句した。

それは縄文式土器に似たうねうねと線が絡み合う呪術的文様だった。

マオリ族などのポリネシアンタトゥーの様に部族的な、もしくは民族的な法則性を感じさせるようなものだった。

しかし、それでいて呪術的なにおいもする。

「驚いたろ？　こういう感じの禍々《まがまが》しい刺青が女の背中一面に彫ってあったわけ。Yも驚いたわけよ」

「自分のまったく知らない世界から来た人間が、目の前に突然現れたような気になったんだろ」

淡々と語る仲間の醒めた目が怖かった。つまり、その女が関与するなんらかのトラブルに巻き込まれた？

「冗談だよーん」と笑って言って欲しかったが、そんな気配は微塵《みじん》もない。


「その女いったい何者なんだ？」

「Xの孫娘だったそうだ」

「はあ⁉」

その頃テレビでよく見る大物政治家Xの名前に僕は仰天する。

「〇〇って知ってるか？」

聞き慣れない言葉に僕は首を振る。

「アジア大陸から日本に渡ってきた秘密結社でさ。Xはそこの構成員だったんだって」

「彼らの目的は戦争や革命で散りじりになった仲間や一族を探し出し、かき集めて護《まも》ることらしいんだよ。Xの孫娘はたまたま町で見かけたYを、探している一族だと思ってホテルへ連れ込んだんだ」

「どういうこと？」

「勾玉」

「ああ！」

Yが首から下げていた勾玉を女は一族の末裔《まつえい》の証と思い込み声をかけてきたんだそうである。そして、Yは女に連れられて都内の某有名ホテルの一室で組織の連中と引き合わされた。

「ここからは半信半疑……いや馬鹿馬鹿しい話で、俺らもどう解釈していいかわかんないんだけどさ」

「飛んだんだって……」

「飛んだ？」

「うん、組織の一人らしき老人がYの目の前でふわーっと飛んで見せたらしい。頭がおかしくなりそうだったって泣きながらYは言ってた」

それからYは一族の歴史や目的などを打ち明けられたという。

Yは勾玉はバイト先でネコババしたもので一族の証でもなんでもないと泣いて説明したらしいが、『こうやって出会ったのも縁。何かのめぐり合わせだろう』と、結局一族の末端に入れられてしまったという。


この平和で平凡な日常が溢れかえっている今のこの日本で〈失われた一族？　秘密結社？　人が飛んだ？〉そんな話ってあるのか？

「で、あいつ今どうしてんの？　生きてるの？」

「最後に電話で奴から聞いた話だと画廊をやってるらしいよ。一族が運営してる画廊に納まってるらしい。大した富豪の生活を送ってるって聞いたよ」


飲み会はお開きになり僕らは別れた。

帰り道が一緒だった仲間の一人に訊いてみた。

「さっきの……作り話だよな？」

「信じられんだろう？　でもオレは事実だと思っている」

漫画家志望だったが今は電器店で働いているそいつは答えた。

「Yに一度漫画の原作頼んだことあったんだよ。美大生の日常を描いてみたら面白そうだなと思ってさ。ところが……」

酷かったのだという。

Yの書いてくれた文章は小学生レベルの実に幼稚でお粗末な代物で、とても使えたものじゃなかったというのだ。

「Yにはまるで文才はないよ。もちろんエンターテイナーとしての才能も。よってあれは作り話じゃない。Yにしては面白すぎるんだ。そう、Yが俺たちを楽しませるために作った話としては面白過ぎるんだ……」

そこまで言い終わると呆然とする僕を残し彼は町の闇に消えていった。

Yが経営しているという画廊は今も銀座にあるという。

秘密結社〜警告

現在僕はいくつかのＳＮＳに加入している。

初めは自分の好きなロックの話ばかりしていたのだが、いつの間にか怪異の話もするようになった。

その電波に引きつけられたのか？　色んな人と出会い、怖い話を拾ったりアドバイスされたりするようになっていき、完成した怪談たちをまた別のＳＮＳに順次アップし反応を見ながら直していく——というサイクルで仕事を進めるようになっていった。発表前に読者の反応がダイレクトに集まるというのはインターネット時代の便利な所の一つだろう。

そのＳＮＳは〈友人のみ閲覧できる設定〉にしているから外部には漏れない。

見に来る友人たちも安心して感想を書き込み、もしくはアップされた僕の怪談に刺激され、「そういえば……」と思い出した自身の怪異体験を寄せてくれる。

ＳＮＳをフル活用した体制で怪談を書いているのだ。

昨日は秘密結社の体験談を書きＳＮＳにアップ。ＰＣから離れ夕飯を食べ。再びＰＣを開くとメッセージが来ていた。

「また情報提供か」とウハウハしながらメッセージフォルダを開くとアイコンに画がない。知人たちではないのかな？　と名前を見ると見知らぬハンドルネームが表示されていた。

僕のサイトへの加入申請か？　と思ったがそうではなかった。

《警告》だった。

送り主の簡単な経歴と過去の活動内容。

そして「それ以上○○○のことは書くな」という警告文だった。

呆然としつつそのメッセージを読んでいた僕は怖くなってきた。

伏字でアップしていたのに、なぜ○○○だとわかったのか？

何よりも外部から閲覧できない筈の僕の怪談をどうやって読んだのか？

次々と湧き上がってくる疑問と恐怖に耐えながら、

「ご忠告ありがとうございます。以後ネタはないので書きたくても書けませんのでご安心ください」と僕は返した。

ただの悪戯か？　いや本物か？　秘密結社の構成員ってそんなに多いのか？　ＳＮＳの管理局にもいるのか？　凄いハッカーとか？　個人情報など簡単に掴めてしまうのか？

そして……僕や家族に何か危害が加えられるのだろうか？

ＰＣを落とした暗い部屋で一人思考が混乱する中、ふと見ると右腕が赤くなっていた。強く掴まれたように赤くうっ血した、僕の倍の長さはあるだろう長く細い……数えると六本の指の跡だった。

しばらく不安な日が続いたが、特に事件や事故もなく、以降レスも送られてくることもなく僕はようやく安堵した。

家族に何事もなくて良かった。

手形が今もまだうっすらと残ってはいるが……それくらいで済んで本当に良かった。

めまし

「いいネタ拾えると思うよ」

数本の連載を持つ同業者K女史からある人物を紹介された。

K女史の郷里にSさんという凄まじい恐怖体験の持ち主が住んでいるのだという。

教えられたアドレスにメールを送ってみると、数時間後にSさんから個条書きのネタがつらつらと返信されてきて僕は飛び上がった。

・深夜二時に背の高い白装束の女が歩き回る。
・居間で知らない男がテレビを見ている。
・風呂場に幼児の手形が付く。
・階段が十三段。

・父が寝ているとその周りを半透明の幼児が走り回る。
・妹が市立医大の旧校舎廃墟で「めまし」なるものを見て、ひきつけを起こすくらい怖がり、しばらく歩けなくなった。

うーわ！　なにこれ！

美味しそうな話がてんこ盛りじゃないか！　妖怪屋敷にでも住んでいるのかこの人は？

特に〈めまし〉という言葉に興味をそそられた。

〈めまし〉ってなんだ？　妖怪の一種か？

こういう意味不明で、しかも名前まで付いている怪異は大物が多い。必ずや凄いネタになる。僕は興奮して「詳しく書いてください！」と返信。

Sさんからの返事はすぐに来た。来たのだが……。


「こういうことがあったそうです」

そこには、身内に起きた話ばかりでSさん本人の体験談ではなく、ほとんどがSさんの妹さんの話だった。

肝心の〈めまし〉のことも書かれていない。これには困った。怪談とは〈恐怖実体験〉のことである。つまり被害者の恐怖被害報告書。

実際に怪異に遭遇し〈どう怖がり、どう対処し、どう感じ、最後はどうなったか?〉を体験者から聞き出し、再構成&再現し読者に追体験させるアトラクションのようなものである。怪談の肝になる体験者の主観が聞き出せないと書きようがない。この部分を創作してしまうと途端にリアリティが失われる。生肉に火を通すのと同じだ。欲しいのは生肉の放つ血のにおいと質感、手触りなのだ。

失望しながらも〈めまし〉の話だけは気になって仕方なかった。〈語感〉そのものが怪異だし、禍々しさを僕の五感がビリビリ感じ取っている。

気を取り直し、長野に住むSさんに会って直接話を聞くことにした。運が良かったら妹さんご本人から聞けるかもしれないし、そうすればミディアムがレア、うまくすれば生肉に変わる。

ちょっとした旅行になるので、その前にSさんのおおよその人物像を聞いてみようと紹介してくれたK女史にメールしてみた。

……だが三日経っても返事は来なかった。

忙しいのだろうとは思ったが、メール魔のK女史がレス一本返してこないのは妙だった。

それが別のイベントでばったりK女史に出くわして、僕は驚いた。

「どうしたの？　メールしたのに」

「あ、ああ、どうもー」

そわそわと落ち着きなく挨拶するK女史。

「Sさんってどんな人なの？」

すかさず例の人物のことを訊いてみる。

「えー、あのー、そのー」

とK女史は周りをきょろきょろと見回してバツの悪そうな顔でもじもじするばかり。

明らかに話しづらそうだ。何か問題でも発生したのだろうか？　会場の隅にK女史を引っ張っていき、詳しく事情を訊き出してみる。

「すいません、あの人のことは忘れてください」いきなり謝るK女史。

「え？　どういうこと？」何がなんだかわからない僕。

「実は……」

硬い表情でK女史は話し始めた。

僕がメールした時にK女史はたまたま長野の実家に帰っていたという。そして自分が紹介した手前、責任を感じたK女史はSさんのお宅に伺ってみたのだという。

「実を言うと今まで外で会ったことはあっても、あの人の家には行ったことがなかったのよ」

そこまで言ってため息をつくK女史。やっぱり何か変だ。

「何かあったの?」

「それがー」


Sさんの家は豪邸だった。

長野市街でもセレブばかりが住む、大きなお屋敷が立ち並ぶ地区がある。その中でもひと際目立つ豪邸がSさんの住居だったという。

「金持ちなんだ! すごいじゃん」

喜ぶ僕に陰鬱な顔でKは答える。

「中は神様だらけよ」

「は？　神様だらけ？」

その豪邸の中は、古今東西のあらゆる神様グッズで溢《あふ》れかえっていたという。

壁という壁、棚という棚、居住スペース以外のすべてが神棚や祭壇、呪札で埋め尽くされていた。仏教・神道・キリスト教にイスラム関係まで。

部屋といわず廊下といわず世界中の神様が積み重なって置いてある。

「Sさんがローマ法王と握手してる写真まであってさ」

K女史は腰をぬかしそうになるのをなんとか堪え、神様だらけの秘宝館と化した屋敷内をSさんに案内され、奥広間の大きな仏壇の前に連れて行かれたという。

「終始ご機嫌でさ。いい人紹介してくださったって。　あの怪談たちが世に出たら死んだ妹も喜びますって」

「え、妹さん亡くなってたの？」

驚く僕。

「うん、外薗さんが死んだ妹さんの怪談を書くことで供養になるって言うんだよ」

家中に溢れる神様の話も驚いたが、妹さんが既に亡くなっていたと聞き僕は落胆した。

これで生肉が完全に消えた。

それでK女史は僕にメールしなかったのか。確かにこれでは報告しづらい。

〈めまし〉の話も聞けそうにない。

「それでその後どうしたの？」

僕が訊くと、

「御焼香した」

K女史は妹さんの遺影に焼香させられたのだという。

「そうか。それはまあ、いいことしたね」

がっかりして半分うわの空で言う僕に、K女史は首を振り吐き捨てるように言った。

「いいことあるか！　私だぞ！」

「私？　どういうこと？」

「死んだ妹さんの遺影って学生時代にSさんと撮った私の写真だったの！」

K女史は自分自身の遺影に向かって手を合わさせられたのだ。

「それってなんなの？　Sさんって頭のおかしな人だったの？」

目を丸くして訊ねる僕にK女史はうつむき、しばしの沈黙の後、

「……ああやってSさんは財を成したんだよ」

呟くようにそう言うと、一緒に来た仲間らしい一団に向かって歩き出した。

「財を成したって……？」

意味不明の言葉を残して去っていくK女史の後ろ姿を呆然と見ていた僕は、横に立っていた時は気づかなかったが……K女史がギクシャクとしたなんともぎこちない歩き方をしていることに気づいた。

なんだろう？　何がおかしいんだろう？　目を凝らして観察するうちに何がおかしいのかがわかった。

K女史は関節を曲げずに歩いていた。

両足をまっすぐに伸ばして前に進む、昔あったブリキ製のロボットの玩具を思わせる奇妙な歩き方だった。

ふざけてるんだろうか？　一瞬そう思ったが、Sさんから最初にもらったメール内容を思い出し、ぞっとした。

《妹が市立医大の旧校舎廃墟で「めまし」なるものを見てひきつけを起こすくらい怖がり、しばらく歩けなくなった》

僕は〈めまし〉を妖怪か何かの一種だとずっと思っていたが、違ったんじゃないか？

何かの秘密の儀式とかそういう奴だったんじゃないのか？

宗教狂いだったSさんはその秘儀をどこかで学び、肉親や訪れる人たちを人身御供に捧げて財を成したのではないのか？

あるいはSさんはミニカルトの教祖なのでは？

非現実的な妄想だけが空転し、〈めまし〉の正体はわからず、以後K女史とも音信不通になってしまった。すべては闇の中。

しばらく経って、K女史が糖尿病を患い、両足切断したことを風の噂で聞いた。

「先生、早く来てくださいよ」

今もSさんから頻繁に送られてくる招待メールを読む度に、長野へ取材に行くべきか否か迷っている。

心霊ツアー

「心霊ツアーに行こう！」

梅雨が明けて急に蒸し暑くなった頃の話だ。

ちょうど某ウェブ雑誌で連載していた僕の漫画『インソムニア』の二巻が発売されたので、その記念イベントも兼ねて心霊ツアーを企画することになった。

夕方に八王子城跡、夜に旧Kトンネルを回るコース。

どちらも心霊スポット界では最恐と言われる場所である。

八王子城跡は、天正十八年、秀吉軍一万五千に攻め落とされた八王子城の跡である。小田原の戦に主だった家臣が出払い、婦女子のみとなった城は僅か一日で陥落。敵の晒《さら》し者になるくらいならと、婦女子たちは自刃し城前の御主殿の滝に身を投げた。滝から流れる川は血に染まり三日三晩の間真っ赤だったという。その恨みの深さとは現代でも癒えることなく災いをもたらすとされる。

旧Kトンネルは八十年代に起きた東京・埼玉連続幼女誘拐殺人事件の犯人Mが、殺害した幼女遺体を隠していたとされる山中の真下にある古いトンネルだ。このトンネルでも様々な目撃、体験情報があると言われている。

二つとも曰《いわ》くつきの心霊スポット。そしてうちの近所である。

「心霊ツアーに行こう！」とは言っても、一人では怖いので同行者を募った。

多少霊感があるという、僕の時代劇漫画『日本綺伝　あやかしがたり』の現代語訳やってもらっている通称《王子》こと、岡林リョウ先生と僕のファンクラブ運営をしてくれているN君の二人が参加することになった。

もう一人、誰よりも行きたがっていたS君がいたのだが、当日は用事があり泣く泣く不参加となった。なもので、S君の代わりに彼が大好きだというカエルのキャラクター人形を持って行き、心霊スポットのあちこちにおいて撮影をしようということになった。

待ち合わせは夕方の四時。僕の自宅に集まって簡単な打ち合わせをした後、N君が用意してきた車に乗り込み出発した。

約二十分後、八王子城跡前に到着した。まだ陽の光も厳しく、蒸し暑い時刻だったが、ひんやりとした空気が奥から流れてくる。

「これは期待できそう！」

王子が声をはずませたが、すぐに肩を落とした。

「これじゃ、何も感じないよ」

八王子城跡はいまや観光地として整備され、見回してもゴミ一つ落ちていない。

でも、陽が落ちかけのこの時間からここを訪れる酔狂は僕らぐらいのものだ。

夕方というには強すぎる光の中、ひと気のない八王子跡跡内に足を踏み入れた。

人が誰もいないので多少不気味ではあるが、怖くない。

まずは入口、とりあえずカエルの人形を置いて撮影を始める。

王子とN君がカエル片手に城跡内をあちこちと撮影している様を遠巻きに眺めていた。

ふと、山の方に目を向けた。

一本の木が《ユサユサ》と揺れている。

風はない。他の木は微動だにしていない。その一本だけが左右前後に《ユサユサ》と揺れている。

「ちょっと王子、あれ撮って」

僕はその木から目を放さず、少し離れたところで撮影をしている王子の名を呼んだ。

「なんか言いましたー?」

王子が叫ぶ。

「あれ、あれ撮って」

僕の目線を追った王子が、「あ」と言ってビデオカメラをその方向に急いで向けた。

「あれ? あれ? 動かない」

今の今まで動いていたビデオカメラの撮影ボタンがまったく反応しない。

慌てながらあれこれといじっているうちに、ようやく動くようになったカメラを向けると、木の揺れはぴたりと止まってしまった。

「なんで?」

こういった撮影では機材のトラブルはよくあるのだが、撮影できなかったことに少し落胆した。機材のトラブルって本当タイミングいいよなあ。いや、悪いのか。

八王子城跡から次のスポット、旧Kトンネルに向かうことにする。

すでに夕闇が迫っていた中、車から降りた我々の前に真っ暗な闇が立ちふさがった。

「これは……やばいかも」

王子がたじろぎながらつぶやいた。その横で僕も驚く。

「ここってこんなに怖かったっけ？」

用意した懐中電灯で前方を照らしながらトンネル入口までの道程を進むことにした。

近くに新トンネルが完成してからこの道は封鎖され、ちょうど十年ほどが経つ旧街道だ。

草と木が生い茂り、道幅は当時の半分も残されていない。

「ん？」

何かが道を塞いでいる。懐中電灯で照らすと一本の巨大な倒木だった。トンネルまでの道を阻むように道路に直角に倒れている。

（自然に倒れたんだろうか？　にしては正確すぎるよな）

思いつつ、三人で木を跨《また》いだ瞬間、王子が大きな声を上げた。

「うあっ！」

僕とN君がビクッと振りかえる。

「ど、どうした？」

薄暗い中、白く浮き出るほど顔から血の気が引いた王子が言った。

「顔が……」

「顔？」

「はい、鼻から上だけの子供の顔が……道から生えていて……」

王子の声が泣きそうに裏返る。

「それ踏んじゃった」


「踏んじゃった……って」

王子の言葉に僕とN君が息を呑んだ。王子は多少なりとも霊感がある。ここにきてそれが全開となろうとしているのか。

道路から生えていた子供の顔。あのMの犠牲者の少女なのか？　でも、少女の遺体が隠されていたとされるトンネルはまだずっと先だ。ならば別の《何か》なのか？

互いの表情が見てとれなくなりつつある闇の中、お互いがそこにいるのか？　相手が本当に王子とN君なのか？　と不安になる。思考がぐるぐる空回りする。

急にみな寡黙《かもく》になり、倒木を越え廃道を前へ前へと進む。

時折、鳥か獣のものと思われる啼き声が森の奥から聴こえてくる。

《ヒイヒイヒイヒイヒイヒイ……》

すでに陽は完全に沈み、じっとりとした重い闇が空間を満たしている。とてもここが東京だとは思えない。家からわずか二十分足らずでこんな異界があるのが信じられなかった。つい数分前まで車中ではしゃいでいたのが夢のようだ。

「うッ……！」

再び王子が呻《うめ》いて立ち止まった。

「こ……今度は何？」

「そこに……いますよ。その下……」

王子が向けた懐中電灯の灯りに浮かび上がったのは、蔦《つた》に絡まれた古ぼけたカーブミラーだった。

他には何も見えない。そのままカーブになっている道を進む。

「んん……？」

王子がまたも呻く。懐中電灯で照らすと……またもカーブ。

「カーブごとに子供が座っているんです。凄い怖い顔して睨んでて……どうしましょう」

消え入るようにつぶやく王子の声に、どっと冷や汗が出てくる。

この街道が使われていた頃、深夜に通過するトラックやタクシー運転手達がカーブに蹲る幼女の姿をよく目撃したと言われている。

「こんな夜中になぜこんな小さな子供が？」

その姿は、目を凝らすと右手で《おいでおいで》している。さらによく見ると……。

子供には手がない。手首から先のない腕で呼んでいたという。

それを、地元の地方新聞がニュースにしたのだが、発行元の社長が犯人であるMの父親であった。まさに、息子が殺害した少女の幽霊談を父親が記事にしていたのだ。

なんという因縁。M逮捕後、父親は近くの橋から身を投げ自死する。

この話を僕は自著（「インソムニア」一巻）に書いた。

（それを知っていて王子はカーブに子供がいると言っているのではないのか？）

僕は思わず聞いた。

「インソムニアを読んだの？」

「すいません。ネットで注文しているんですがまだ届いてなくて……読んでないんです」

王子のすまなさそうな声が暗闇から返ってきた。


（読んでいたわけではないのか……）

この廃道の幽霊譚がどういうものかを王子は知らない。知らないのに子供の霊が見えるというのであれば、やはりあの噂は本当なのか……。

「あ！　まただ！　カーブに来るとビンビン感じます！」

「どうなってるの？」

「ああ。子供だ……また同じ子供です」

王子の呻くような声が、カーブにさしかかる度に響く。後ろを歩くN君もさっきからずっと黙ったままだ。

（王子がいきなり霊にとり憑かれたりするんじゃないか？　そしてN君が走り出してしまうんじゃないか？　僕一人を置いて……）

気がつくと二人の様子を油断なく伺っている自分がいる。

そんなことはありえないだろ！　と打ち消そうとしてもどんどん疑心暗鬼になっていく。

（この時点でこんなに怖いのに、トンネルに辿り着いたらどうなってしまうんだろう？）

という恐れが急速に膨れ上がってきた。

光が見えてきた。旧Kトンネルの灯りだ。トンネルの入口がいっそう暗く口を開けている。

とんでもないことになるんじゃないかと、震えが止まらない。

「あれ？」

王子が不思議な声を出す。

「消えた」

「え？」

「気配が消えましたよ。さっきまであんなにいたのに……！」

王子の意外な言葉に僕もトンネルをよく見る。

「確かに……怖くない」

ただの古いトンネルだ。トンネル内に煌々と点く灯りにホッとする。拍子抜けすると同時に安堵感がこみ上げてくる。

「何もいませんよ？」

おかしな気配は微塵《みじん》もなく、王子が首を傾げている。その傍から離れ、僕とN君は明るいトンネル内部に入り、写真とビデオ撮影することにした。

「すっごい数のオーブが撮れてますよ」

撮影した写真をその場でチェックしていたN君が叫んだ。

デジカメの画像を見せてもらうと、なるほど、今歩いてきた廃道に無数のオーブが写っている。オーブは、俗に霊魂だと言われてるものである。

しかし、その正体はフラッシュライトに浮かび上がった埃や花粉だ。

（木々や草花からの花粉が写りこんだのだろう）と思いながら、写真をどんどん撮っていった。トンネルで撮った写真になって気がついた。

廃道では大量に撮れていたオーブだが、トンネルの写真にはまったく写ってない。

「やっぱりオーブが写るってことは……」

三人で顔を見合わせた。

これから、いま来たあの廃道を戻らなきゃいけないのだ。

カエルのキャラクター人形をトンネルの中央に置き、大急ぎで撮影を済ませた。

慌ててトンネルを後にして、廃道を車目指して歩き出した。

誰もいまや何も言わない。でもその全身から（早く帰りたい。この場から離れたい）という気持ちが伝わってくる。

トンネルから離れ、再び暗闇に突入する。

「うわ！」

急に王子が叫び、身体をのけぞらせた。

「どうした？」

「後ろから、引っ張られてます！」

「え？」

王子が悲愴な声を上げ、顔を引きつらせて訴える。

「今、」背中にズブッと小さな手が入ってきて！　あああ、俺の背骨を掴んでるんです！

トンネルに引き戻そうとしてる！」

N君も僕も足が地面に張り付いたかのように動けなくなってしまった。

王子が叫ぶ。

「カエル！　あの人形を置いてきたのを怒ってるみたいだ！」

周りの闇がいっそう深く黒くなったように感じた。

《ザワザワ》と得体の知れないモノの気配にとり囲まれていく。

「カエルの人形をトンネルに置いてきたのを怒ってるって？」

「凄く怒ってます。マジギレです！」

王子の悲愴な声が裏返りながら絞り出される。

何かに自分たちが囲まれ見られているような視線と気配を感じる。それも一つや二つじゃない。さっき見た無数のオーブの写真が脳裏に浮かび、恐怖がこみ上げてくる。

このまま帰れなくなるんじゃ？　僕は思わず言った。

「トンネルに戻る？」

「は？」

「カエルを取りに戻る？」

「無理、無理です。あそこへはもう戻りたくない！」

身じろぎもせず、三人が暗闇の中で問答を繰り返す。

「いや、でも怒ってるのなら、鎮《しず》めなきゃまずいだろ？」

「でも無理です。戻るのなんて絶対に無理です！」

泣き出さんばかりになっている王子と僕の間で、N君も真っ青になって震えている。

……あちゅい

突然、暗闇の中から子供の声が聞こえてきた。

「え？」

声がした方向に三人が一斉に顔を向けた。N君が小さく「あ」と息を漏らした。

暗闇の中に、カーブミラーがぼんやりと見える。そしてその前に、小さな人影が浮かんでいた。

それは小さくて赤かった。発光するものなど何もない空間に、それは貼りつくように浮かんでいた。小さな目がこちらを見据えているのを認識したとたん、N君が走り出した。

続いて僕が、そして王子が走り出した。

三人は後ろも振り返らずひたすら峠の下まで走った。駐車してあった車に飛び乗ったとたん、N君は車を急発進させた。

その後は無言のまま、どうやって帰ったかはあまり憶えてない。


帰った翌日。

旧Kトンネルの《妖気が消えた》と噂されていることをネット掲示板で知った。どうも最近改修工事をされたらしく、同時にお祓いでもされたのか、まるで怖くなってしまったということだった。

トンネルから追い出されたモノたちは、成仏したわけではなく廃道沿いにたむろするようになったのかもしれない。


「あの赤い人影って、燃えてましたよね?」

王子がメールしをしてきた。

「あれからN君があのトンネルに捨てられた女児の事件を調べてみたんです。色々わかりましたよ」

犯人のMは、自分が手をかけた子供を〝焼いてから〟食べていたのだという。

「だから言ってたんですね……《あちゅい》って」


心霊ツアーから数日後。

王子が突然、不調になった。

SNSでの書き込みが、極端に気弱な発言ばかりになった。

(梅雨が明け、連日続く猛暑で体調がきついのだろう)

そんな風に思って特に気にもしていなかったが、一向に止む気配がなかった。

その日も王子は、精神的に参ったような書き込みをしていた。昼に始まった書き込みは夜になっても終わらない。

やがて、王子の書き込みを読んだ仲間の一人から連絡がきて僕はびっくりした。

「王子の手首が外れそうになったらしい!」

王子にすぐ電話をして事情を聞いた。

入浴中、頭をシャンプーしていたら手首を捻って痛めたのだという。

「手首が急に……外れるかと思いました。激痛が走って大変だったんです」

(シャンプーしているだけで手首なんか痛めるか? 普通あり得ないだろう)

と思いつつ聞いた。

「どっちの手？」

「右手首です」

僕は唖然とした。

それは、僕が単行本で書いた話の再現じゃないか！


旧Kトンネルで発見された女児の遺体には右手がなかった。

連続幼女誘拐殺人事件の犯人Mは、右手が不自由だった。

「食べたら治るのではないか？」

そう考えたMは殺害した女児の右手を食べてしまったのだ。

実は去年も僕は知り合いたちと「心霊ツアー」と称して旧Kトンネルに行っていたのだが、そのときも数人が数日後に「右手」の故障に悩まされたのだった。

「それから昨夜、十字架台が崩れたんです」

王子の声が聞こえて、我に返った。

「え？　何？　崩れた？」

王子の実家は敬虔なクリスチャンなのだ。彼の家の居間には大きな十字架が飾られているという。

「バラバラと……僕の目の前で十字架が勝手に崩れていったんです」

不安そうにそう言うと、王子は黙り込んでしまった。

電話越しに困惑している様子が伝わってくるが、僕にはどうしようもない。

「王子は優しいからな。懐かれたのかもしれないな」

それだけを言うのがやっとだった。


次は王子と四谷の《お岩稲荷神社》に突撃する予定である。

魔術の効力

「気がついたら友達と呼べる友達はいなくて……。部屋に篭って漫画やアニメばかり見ている人間になってました」

と、弱々しく笑いながらそう話すのは、書店に勤めるD子さん。

見るからにおとなしくて控えめそうな女性だ。

「とにかく外に出なくちゃって、やっと書店のアルバイトを始めたんです」

好きな本に関わる仕事ならと、自分なりに思い切ってみたつもりだったが、性格まではそうそう変わらないし変えられない。

対人関係が苦手で、人から何か言われても言い返せない。抗えずにいつも言いなりになってしまうのは相変わらずだった。

「もっと強くならなきゃいけないって、わかっているんですけど……」

獣は弱いにおいを嗅ぎつける――。

はたしてD子さんは『変態』につけ狙われるようになった。

「はじめは〈いやらしい本〉攻撃でした。私がレジに立つと、見計らったように来るんです」

三十歳前後に見える病的に痩せ体臭もきつかったというその変態男はレジにエロ本を持ってきては買って帰る……を繰り返したらしい。

「じーっと私の顔を見ながら買っていくんです。明らかに私の反応を見て愉しんでいるのがわかりました」

D子さんは必死に平静を装うのだが、恐怖と気持ち悪さで気を失いそうだったという。

「店長にも相談したんですけど……」

本買ってくれるんだから我慢してよ。と言って対処してくれなかったそうだ。

「ひどい話ですねえ」

思わず同情する僕にD子さんは続けた。

「でも、その頃はそれくらいで済んでたから、まだよかったんですよね」

「……というと?」

その変態男はD子さんが抵抗しないのをいいことに、変態行為をエスカレートさせてきた。

「ある日、黒いコートを着て店に現れたんです」

「え……まさか……?」

D子さんは顔をひきつらせて〈こくん〉とうなずく。

男は周囲を確認しながらD子さんに近づくと、彼女の前でコートを開いた。

「何も着てませんでした。もう頭が真っ白になりましたよ」

顔面蒼白になり叫び声もあげられないD子さんの狼狽《ろうばい》する姿を味わうように男はニヤニヤと満足気に笑うと去っていったという。

「……まずいと思いました。さすがにこのままだと、自分の身が危ないって。もし尾行とかされたらどうしようって……」

なんとかしないといけないと真剣に考えはじめた彼女だったが、撃退法が思いつかない。

友達のいないD子さんには相談相手もいない。

「絶望的な気分で家に帰って、逃げるようにパソコンを開きました」

そして彼女はインターネット上の掲示板に助けを求めた。

見つけた掲示板に片っ端から自分の実状を書き込んでSOSを出したらしい。

しかし返ってきたのは、

〈そんな職場はすぐに辞めるべき〉

〈早くその街を出ろ〉

〈そういう男には強い態度を示さなきゃ〉

〈警察に突き出せ〉

〈自分の身は自分で守らなきゃだめ〉

……といった内容の回答ばかりで、D子さんの心には響かなかった。

と、そんな中で彼女の目に留まったのは、自称黒魔術師の女性の発言。

〈呪ってやるのです。今の自分にできないことも、パワーを補えばできるようになります〉

D子さんはすぐに、その自称黒魔術師に連絡を取ると助言を求めた。

「蛙や蛇や蜥蜴が、私に力をくれるって言われて。すぐに実行しました」

自称黒魔術師のアドバイスはこうだった。

呪いたい相手を強く念じながら、蛙《かえる》・蛇《へび》・蜥蜴《とかげ》などを干からびさせてから砕き、きちんと念を込めて作った手製の袋に入れて持ち歩く。

「……実行したんですか？」

「はい。私、田舎育ちなので蛙や蛇くらいなんともないんです」

心なしか力強く、ピントのずれた返答をするD子さんに、僕はただ口をあんぐりさせて何も言い返せなかった。

そんな僕には一向にかまわず、彼女は話を続ける。

「効果はすぐに現れました」

その『お守り』を身に着けて生活し始めてすぐ、男は再び黒いコート姿で店に現れた。

「私を見つけてすぐにニヤニヤしながら近づいてきて。でも私、お守りを握りしめて男を睨んだんです。魔術師さんに言われた通りに強く念じました」

すると、男は急にオロオロと落ち着きない様子で後ずさりすると、店の外へ逃げて行ったという。

「やった！　と思いました。魔術は本当に効くんだって、すごく感謝しました」

D子さんは嬉しそうに声を弾ませた。瞳が輝いている。興奮のせいか頬も紅潮し、生き生きとして、さっきまでとは別人のようだ。

内心僕は、単にいつもと違うD子さんの気迫に男が気負されただけだと思ったのだが、何も言えずに黙って相槌だけ打っていた。

「男を撃退してほっとしてたら店長がやってきて。二階に伝票持って行ってくれって言われたんです」

話の展開に、ヒヤッとした僕の予想は的中した。

「そうだ、店長にも仕返しをしようと思いました」

彼女は再び念を込めながら、店長に向けた『お守り』を作ったらしい。

「でも、今度は違う効果が現れたんです」

少し照れながらD子さんはそう言った。

「店長を見るたびに念を送り続けていたら、いつの間にか彼が素敵な人だってわかるようになって。彼も、私を一人の女性として見てくれるようになりました」

あっけにとられる僕に、彼女は満面の笑みで最後にこう言った。

「もうすぐ婚約するんです」

もはや魔術は縁結びの神様なのか。

一番の脅威は別の所にあると、鳥肌を立てながら僕は彼女と別れた。

霊感者ふたり

　僕の好きなプログレッシブ・ロック関係のサークルで知り合った、九州の役所で働いておられるNさん。

　心霊ネタをよく提供してくださる有難いお方である。

「二十代の頃は、いわゆる《視える》知り合いが結構いたんです。今にして思えば、その時期にちゃんと実話怪談を採取しておけばよかったなあ」

と言いながらも、「そういえば……」と怖い話を思い出しては、ちょこちょこと僕に教えてくださる。Nさん自身はSFマニアの心霊懐疑派で、霊の類はまったく信じておられないのだが。

　それなのに、彼には霊感を持つという人物がやたらと寄って来るらしいのだ。そして、

Nさんから伝え聞くその話が妙に怖い。なんとも不思議な方である。

「特によく憶えているのがOっていう強烈な奴で……」


当時大ヒットしていたスターウォーズを自称霊感者のOと劇場に観に行った時のこと。

SFが大好きなNさんは興奮しながらド迫力の戦闘シーンに見入っていたのだが、横に座るOはやたらとキョロキョロと周りを見回し、時折「うっ！」とのけぞったりとまるで落ち着きがなかったそうである。

「知り合いでもいたのかな?」と思ったNさんもOの見ている方向に目をやるが、劇場公開からかなりの期間が経ち、しかもレイトショーだった映画館の中は人がまばらだった。

Oの見ている方向には誰もいない。

「……?」

Oが何を気にしているのかまるでわからず首を傾げるだけのNさん。

その落ち着きない様子があまりにも続くので、だんだん映画に集中できなくなってきたNさんは、「どうしたんだよ?」と小声で訊いてみた。

「浮かんでんだよ」

「はい？」

「浮かんでる霊が視えるんだよ」

「えっ？」

映画館の暗い館内に女の幽霊が浮かんでいるという。

それが客席の右へ左へと浮かびあがったままの体勢で館内を漂っているというのだ。

「さっきは俺たちの目の前を横切ったんでビビッたよ」

驚くNさん。

先程奴がのけぞったのはソレが原因か……。

「マジかよ！」

Oの予想外の答えに慌てて館内を見回すが何も見えない。楽しみにしていたスターウォーズだったが、上映中の映画館での突然の幽霊話にNさんは映画どころではなくなってしまったという。

するとOが小さく「あっ」と叫ぶ。

「今度はなんだー？」

「……なんでもない」

Oはため息まじりにそう言うと、うって変わったように映画を観始めた。

「？・？・？・？」

さっぱりわからないままNさんも映画の世界に戻った。それから映画を見終わるまでOは一言も喋らなかった。

映画館から出る時に、

「お前もてるなー」

と言うO。そしてNさんの腕を取り、何を思ったか突然シャツの袖を捲りあげた。

そこには女性のものと思《おぼ》しき小さな手形がくっきりと残されていた。

「なんだこれ？」

絶句するNさん。

「お前のこと気に入ったみたいで。女が腕組んで横に座ってたんだぜ」

ニヤニヤしながらそう言うO。

Oは霊が視えるだけで祓《はら》ったりはまったくできない人物だった。ただ視えるだけ。困ったことにそれをNさんに逐一報告するのだ。

そんなことがあってから数ヶ月後。

Nさんと０の共通の友人である男性がバイク事故で亡くなった。

「悪戯好きで無謀運転する奴だったんで、とうとうやっちまったかーという感じでした」

仲の良かったNさんと０は死んだ友達の通夜の手伝いに行った。

来客の相手や片付けが終わり、疲れ果てて奥の座敷で二人、雑魚寝《ざこね》で眠ることになった。

深夜二時過ぎ頃だろうか。ふと目覚めると横に寝ていた筈の０がいない。

「あれ？　トイレかな？」

Nさんも起き出して廊下に出てみると玄関前に後ろ向きでつっ立つ０に出くわした。Nさんに気づかぬ様子でなんだかボンヤリとしている。

「何やってるん？」

寝ぼけているのかと思い、０に近づき後ろから声をかけると、

「うわっ？」驚いて振り返る０。

「え？　え？　夢じゃなかったのか！」

いつもふてぶてしい０の慌てる姿に厭な予感がしつつも、Nさんは何があったのか訊いてみた。

死んだ友人が現れたそうである。

血まみれの姿で玄関に立っていた。

こちらに片腕を伸ばして《おいでおいで》と手招きするので、《こいつ夢の中にまで出てきやがって、しょうがねえなあ〜》と思っていたら、Nさんに声をかけられ自分が眠っていないことに気が付き驚いたらしい。

「あれには呆れました。自覚なくオバケ視てるのかよと。でももっと呆れたのは……」

初盆時にOと連れ立ってその友人宅を訊ねた時。

「あの子、夢枕にも立ってくれないいんですよ」

と嘆く母親の前でOは必死に笑いを噛み殺していたそうである。

「『おいおい。何考えてんだ』と呆れてたんですが……」

帰ろうと玄関に向かうと、Nさんの靴の中一杯に水が溜まってていたという。

それを見て、Oがさらに笑い顔になる。

Oが言うにはそれは死んだ友人の仕業らしい。母親の前には夢枕にも立たない友人が、悪戯のためには出現するというのがおかしかったのだそうだ。

「それにOに言わすと、私は物理的に霊と接触してしまうタイプなんだそうです」

視覚的に霊に接触してしまうO君と物理的に霊に接触するNさん。

話を聞きながら僕は、二人はいいコンビだなと爽やかに感心していると、

「今思い出したんですけど……」

「はい？」と僕。

「Oがよく言ってたんですけど……」

「幽霊は青く視える幽霊より、赤く視える幽霊の方がヤバいんだそうです」

いきなりNさんが真顔でそう言った。

僕が霊を視る時は必ず《赤い》のである。

「気をつけてください」

絶句する僕にNさんはそう言うと、帰って行った。

こうやって、いつも急に思い出しては僕を怖がらせるNさん……有難い方である。

会いたくて

〈女〉は怖い。この世でいちばん怖い、と僕は思っている。

まったく、これほど愛らしく恐ろしいものが、他にあるだろうか？

というわけで、〈女〉についての怖い話を書いてみようと思う。


今年八十歳になる僕の妻の母親……つまり僕にとって義理の母であるM子さんは、やることなすことすべてがマイペースな可愛らしい女性だ。

僕は『お義母さん』とは呼ばず、あえて『M子さん』と親しみを込めて名前で呼んでいる。

そのM子さんが不思議な夢を見た。

お盆の朝。ちょうど里帰りしていた僕ら家族で賑わう居間に、

「変な夢見たっちゃけど〜」

とM子さんが入ってきた。

「どんな夢見たんですか?」

「それが昔の友達やとよ。けんど、さっぱりわからんのよぉ」

困惑顔のM子さんは、しきりと一人で首を傾げている。

その友達とは、もう随分昔に亡くなった人だという。それが突然夢に現れ、嬉しそうな顔でM子さんに何かを告げて消えたのだという。

「なんて言ったんですか?」

興味津々に問う僕に
「いや〜もうさっぱり意味がわからんとよ〜」

と、なおも首を傾げるだけのM子さん。

噛み合わない。全然僕の話を聞いていない。

僕とM子さんのトンチンカンなやりとりを見て家族が笑っていると、電話が鳴った。

受話器をとったM子さんは、電話口の相手と二言三言会話を交わすと、

「えっ? 死んだ?」

と小さく叫んで固まってしまった。

見るとM子さんの顔は血の気を失っている。

「ああ、そういうことだったの……」

そう呟いて、その場に座り込んでしまった。

M子さんの夢に現れたというお友達の名前はK子さん。

二人は若い頃の職場の同僚で、とても仲が良かったという。二人共寿退社をしたが、その後も連絡を取り合いよく会っていたそうだ。

しかし……

「それが急に体の具合が悪くなってねぇ、病院に行って診てもらったとよ。ほしたら……」

癌だったという。それも末期だった。

K子さんの旦那さんから「もって半年」と聞かされたM子さんは、病室で元気そうに振舞うK子さんを見る度に辛くてたまらなかったという。

時間を作っては病室へ足を運んでいたのだが、ある日K子さんの元を訪れると、いつになく暗い顔でしょんぼりしていた。

「体きついの？」と訊くと、

「そうじゃない」

という返事が返ってきた。


「旦那さんに女ができてたらしいとよね」

「え？　他に女ですか？」

僕は驚いて声を上げてしまった。

「私も後で知ったっちゃけど、その頃旦那さんは職場で知り合った女の人と出来ちょったらしいとよ」

旦那さんの様子でそれを悟ったK子さんは病室で問いただしたのだという。

「あなた、他に好きな人ができたんでしょう？　怒らないから教えてちょうだい」

そう言うK子さんに、

「お前の思い違いだ」

と旦那さんは頑として認めなかったそうである。

「K子ちゃんは自分が長くないの、わかってたみたい。だから自分のあとに来る人に会って挨拶したかっただけやったのよ。でも、旦那さんは聞いてくれんかった」

旦那さんは最後までシラをきり通し、K子さんは結局旦那さんのつき合っている相手に会えないまま亡くなってしまったという。

しばらくして旦那さんは密かにつき合っていたその女性と再婚。子供もできて幸せそうにしていたらしいのだが……。

「子供が中学に上がる前に、旦那さんも癌で死んでしまったとよ」

旦那さんの早すぎる死に、周囲では〈死んだ奥さんが呼んだんじゃないか〉とちょっとした噂になったらしい。

再婚相手はその後、働きながら一人で子供を育てていたそうだ。

「それが昨日の晩に倒れたそうでな。脳梗塞ちゅう話じゃった。ほいで今死んだって連絡が来たとよ。それでやっとK子さんの言った意味がわかったとよ」

「なんて言ったんですか？」

再び問う僕。

「うん、あのな……」

夢に現れたK子さんは満面の笑みでこう言ったという。

「M子ちゃ〜〜ん。やっと会えたのよ〜〜〜」

「ずっと会いたかった再婚相手に会えたんやね。K子ちゃん嬉しそうやった」

M子さんはそう言うと寂しそうに笑った。

死んでいる人間

あるイベントで知り合った女流漫画家のAさんは、傍にいると圧倒されそうになるほどの美人だった。

最近の若い漫画家は男性も女性もスラリとした体形に端正な顔立ちの人が増えていて驚かされることが多いのだが、彼女は並外れた美貌の持ち主だった。

聞くと漫画家業とは別にモデルの仕事もこなしているという。

ますます最近の漫画家の進化ぶりに感心してしまった。

ただ……、彼女のその整った顔立ちは美しいのだが、なんだか……マネキンのような人工的な印象を受けた。

うまく言い表せないが、〈生きている人間〉という感じがまるでしないのだ。

「うん、つまり『出来すぎ』なんだな」

イベント帰りの電車の中で、僕はそう結論を出した。


「すごく変な夢を見たの」

翌朝、家族との朝食中に妻がそう言い出した。

「へえ、どんな夢を見たの？」

聞くともなしに僕は問い、妻は不思議な夢の話をし始めた。

暗い夜の海に漕ぎ出す、一艘の小舟に乗っていたのだという。
「和船っていうのかな？　二人乗ったらいっぱいの小さな日本の昔の舟。知らないお婆さんが私の後ろで櫂《かい》を漕いでたの」
なぜ自分がそこにいるのかわからず、妻はとにかく舟にしがみついた。
ギィー、ちゃぷん
ギィー、ちゃぷん
重く軋む櫂の音と水の音。夜の静寂の中、その規則的な調べだけが流れている。
ふと見ると、暗い海面に〈プカリ〉と何かが浮び上がってきた。

プカリ
プカリ
プカリ
プカリ
舟を取り囲むように次々と浮かび上がってきた白い何かは、
「死体なのよ」
浮かび上がってきたそれらは数多の人間の死体だったのだという。
「老若男女、いろんな死体が次々と水底から水面に浮かび上がってくるの。中には小さな子供の死体もあって」
たくさんの死体がたゆたう海面を掻き抜けるように進む小舟。
舟の横縁にしがみついていた妻の丁度左横に、新たな死体がまた浮かび上がった。
「それがビックリするくらい綺麗な女の子でね」
思わず舟から身を乗り出して、その綺麗な死体の顔に魅入ってしまった。
「そうしたら……」
その女の子の閉じられた瞼がいきなり開き、瞳が妻の目を見据えたのだという。

「あ、この子まだ生きてる！　助けなきゃ！　と思った。でも……」

それまで黙って櫂を漕いでいた老婆が突然、嗄れた声で言った。

「およし」

はっと我に返り、浮かしかけた腰を下ろすと老婆の行動を見た。

老婆は櫂の先で、こちらを見つめている女の子の身体を突ついた。

「綺麗な子だろう？　でも、その子はもう死んでいるんだよ」

老婆はそう言いながら、二、三度女の子の腹のあたりを水の中に押し込むように突くと、その美しい女の子は静かに暗い海中に沈んでいった。

「水の底に消えるまで、彼女の目はずっと開いていて、水の中から私を見ていたの。でも、助けを求める感じはまるでなかった」

ただ人形のように、彼女は静かに沈んでいく。

「あぁ、本当だ。あの子も死んでいるんだ……って妙に納得したところで目が覚めたの」

妻の話を聞いていた僕は驚いた。

妻の話すその女の子のイメージが、昨夜会った美貌の女流漫画家とダブって……いや、まるで同じだったのだ。

〈もう死んでいる〉とはどういう意味だろう?

そんなことを考えながら、妻の話を記録して夜にはシナリオに起こして保存した。

数日後、原稿を取りに僕の仕事場を訪れた編集にそのシナリオを見せてみた。

妻から聞いたままを書いた話が果たして面白いのかどうか、僕にはうまく判断できなかったからだ。

「これ、コピーを頂いて行ってもいいですか?」

編集はそれを持ち帰り、その夜彼から電話が来た。

「シナリオを読んだ編集長が気に入って、連載したいと言ってます」

僕は戸惑った。

だってその先は何も考えてない。

困った僕は、先日の女流漫画家に連絡を取り会う約束をした。何かネタが聞き出せそうな気がしたのだ。

僕一人では怖かったので、気の合うフリーの編集者を誘ってみたところ、「ぜひ美女に会いたい」とノリノリで参加してくれた。

妻の夢の話を聞いていたせいだろうか。

一週間ぶりに会った彼女に、僕は妙な気持ち悪さを感じてしまってしょうがなかった。彼女は彼女で、何故呼び出されたのかわからずキョトンとしている。

面倒臭がり屋の僕は、ええいとばかりに単刀直入に話を切り出した。

「あなたの周りに死体がいっぱい見えるんだけど、どうしてだろう？」

どうせ実体のない夢の話、笑って誤魔化せばいいやと思っての発言だったが、横にいた編集は仰天し、次の瞬間彼女が目を見開いて言った言葉に僕はもっと驚いた。

「なんでわかったんですか？」

それ以上のことを知らず語れなかった僕に〝能力がある〟と思い違いをした彼女の口はスムーズに動き出した。

彼女の家系は普通ではあり得ないほどの死に彩られていた。

蒸発、事故死、病死、自殺、そして殺害……。

死人だらけである。それも尋常でない人死にばかりだった。

「故郷は海の傍にあって。実家と家系の生き残り達が今も住んでいるんです」

夢の浮かび上がってきた死体たちは親族縁者だったのだ。妻の夢は当たっていたのだ。

でも、〈もう死んでいる〉の意味がわからない。

唖然とする僕達にかまわず彼女は話し続けている。

今まで誰にも話せず溜まっていたのか、いつしか、彼女が小さな頃に父親から受け続けたという『折檻』の話になっていた。

あきらかに話は脱線しているのだが、スイッチが入ってしまった彼女の口は止まらない。

誰の話であっても、児童虐待の話は聞いていて痛ましく、こちらまで辛くなる。

大抵の被害者は親を拒絶したり、恐れたり、暴力で支配しようとする親の圧力に屈すまいと抗う。その姿には生きていこうとする生命力を感じる。

しかし不思議なことに、今僕の目の前にいる彼女にはそれがなかった。

なんというのか……。まるで恋人とディズニーランドに行った時の話でもするかの様に、父親から受けた仕打ちの数々を無邪気に語るのだ。

抵抗しようとする気持ちも、恐れる気持ちも微塵も感じられない。

美貌の女性が嬉々と語っている、それは奇妙な光景だった。

そう。妻の夢の通り……彼女は死んでいた。

父親の手で自我の芽を完全に潰されていた。

ちゃんと息をして歩いているのに〈もう死んでいる〉人間を僕は初めて見た。

関わってはいけないと感じた僕は早々に退散した。

友人の編集、いや友人だった編集はその時、そこに残った。

何かに魅せられたように彼女の話を聞きいっていた彼とは以降会っていない。


今も時折、雑誌や広告で彼女を見る。

書かれたくない

昨夜遅く、以前から気になっていた開店したばかりのラーメン屋に妻と行ってみた。人懐こい店主と世間話をしてる内に怪談を聞かされて驚く。短い話だったがあまりに怖いので、ラーメンがのびるのも構わずその場でメモを取った。

帰宅後、急いでメモを見ながらパソコンに書き込みして保存。安心して眠りについた。

翌日、起きてパソコンを見てみると昨夜保存したはずのデータがデスクトップから消えていた。

寝る前に確かに確認したはずのデータがきれいさっぱりなくなっているのだ。パソコン中どこを探しても同じ。履歴もない。まるで昨日あったことが夢であったように痕跡も残っていない。

やり直しを余儀なくされて少々落ち込んだが、仕方なく昨日ラーメン屋で書いたメモを探す。

ところが今度はメモが見つからない。写し終わっても捨てず、デスクの引き出しに確かに入れておいたはずなのに……。

さすがにこれには参ってしまい、舌打ちしながら

「なんだよ、最初からやり直しかよ。記憶を頼りにしなきゃならんのか、疲れるなあ」

と、それでも聞いた話を思い起こそうとしてみる。

そこではたと気づいた。

――まるで思い出せない。

妻を呼び、せめてヒントでも聞きだそうとするが、妻も知らないと言う。

どころか、

「昨日ラーメン屋なんて行ってない」と言う。

なんだって？　そんな馬鹿な。ただただ呆然とする。

確かに昨日はラーメン屋に行った。とんこつ醤油のラーメンを注文したことをはっきりと覚えている。帰りの車の中で流れていたラジオの内容だって覚えている。そのラジオ番組の放送曜日は昨日の深夜のもので間違いない。

なのに覚えていない……？

僕の記憶から店主の話の内容だけがすっぽりと消えてしまっている。妻にいたってはラーメン屋に行ったことさえも記憶にない。

〈書いちゃいけない話〉だったのか？

それとも〈書かれたくない話〉だったのだろうか？

どうやら、またあの不味《まず》いラーメンを食べに行かねばならないようだ。

ＡＶ女優

「今は堅気っす」

筋肉で盛り上がった太い腕を組みながら、Ｊさんは笑ってそう言った。

じゃあ昔はなんだったのか——というと。

「ＡＶ監督。一時期はすごい儲かったんすよ。でもネットで違法配信されるようになって一気に下火になったんす。若い時はあれですけど、歳とっちゃうと興味も薄れてきて——足洗いましたけどね」

今はもう「普通」の会社で働いてるという。

「何か怖い話はありませんでしたか？」

と聞くと、

「もちろん、ありますよ」

と氏はにこやかに即答した。

都内に当時、病院を改造して作ったスタジオがあったという。経営者が自殺しただの、医療ミスが原因で潰れただの色々な噂があったが、どれも定かではない。

ただ、かつて本物の病院だったことは確かである。AVでもナースものや、猟奇系など企画モノで需要のあるスタジオだった。

ところが、霊安室のある地下で撮影をすると、血まみれの白衣姿の男が出没し、音声に赤ん坊の泣き声が入るので使えない。

撮影時には異変がなくとも、後で映像をチェックすると、画面の隅にスタッフでも女優でもない見知らぬ女が映りこんでいる。

また、病室である監督が女優と一対一のハメ撮りをした時には、監督とは別の男の荒い息遣いが入っていた。

……と、そのスタジオの話だけでもいくらでもあるという。

「ご自身で体験したことはないんですか？」

さら突っ込んで尋ねると、Jさんは〈ピクリ〉と反応したあとに僕の目を見て短く答えた。

「あります」


その日、スタジオに現れたその女優は初めから異様だったという。

「その女優のマネージャーから、自分は他の現場のトラブルで行けないので、女優だけ先にタクシーで行かせますという電話があって。彼女は時間ギリギリに現れたんです」

Jさんは話し出した。

「キカタン（企画単体）候補の子のはずでした。風俗に勤めていたとかなんとか聞いてましたが……一目見て、アチャーですよ」

「というと？」

「いやね、まあまあキレイな子なんですよ。多少歳は食ってたんで身体の線はぼやけてましたが、顔立ちは悪くない。でも……目が、ね」

虚《うつ》ろだったという。

生気のない虚ろな目でじっと人を見るのである。しかし、見てはくるのだが、そもそも焦点があっていないから不気味このうえない。

こちらの目ではなく、脳の奥でも覗いているような眼差しというのか……それがどうも人を落ち着かせなくさせる。

「はじめはヤク中なのかなと思ったんすけど、腕に注射の痕とかはないし。シンナーならトルエン臭いからすぐにわかるけど、それもない。受け答えはしっかりしてるし、リスカ痕もないからメンヘラでもない。だけど……今一つ華がないというか……とにかくテンションの下がる女でしたね」

スタッフたちも互いに目配せしながらそわそわと落ち着かない。

「みんな、女の異様さを感じていたんですよ」

それでもＡＶは予算も撮影日数も限られている。

期限内にキッチリ使えるものを撮らなきゃならない。

みんなそれをわかっているから、妙な使命感だけで腰を上げた。

「撮りが始まったら女も乗ってくるだろう、ダメならパッケージで誤魔化せばいいやと、自分も腹をくくって撮影を開始したんすけど……」

ライティングがうまくいかない。

「暗いんです、とにかく。その女の周りだけ妙に暗い」

雰囲気の話ではない、物理的に暗い。首を傾げながら、ライトを何機か用意させて彼女を照らそうとするが、

「何故かライトが点かないんです。球は切れてないから電気系統の接触不良みたいだといじってたら急にパーッとなって――」

いきなりライトが点いたという。

「直った！　と一瞬喜んだんですが……妙な音をたてながら明滅するんですよ」

ファンファンファンファン……

ライトは奇妙な音をたてながら光を明滅させると、突然ブツン！と消えた。

「今度こそ本当に消えました。使っていた球が全部、切れてました」

スタジオはシーンと静まりかえった。

「私もスタッフも男優も全員引き攣《つ》った顔で、今のなに？　って。でも……」

ざわめきの中、女優だけは一人平然としていたという。それどころか、

「うすーく笑ってるんです。青くなってる自分たちを見て笑ってましたよ。例の虚ろな目で。……唖然としました。わけがわからなかった」

厭な空気のまま、カメラ用ライトだけで撮影は再開した。

「多少暗くたって構わない。とにかくさっさと撮影をすませて帰りたい、その一心でした」

みな同じ気持ちだったのだろう、全員が黙々と仕事を続ける。

ビデオの内容はSMモノだった。手足を縛られ、口をガムテで塞がれて「ウンウン」唸っている女優を、男優が無言で見下ろすシーンのときだった。

ヒィーッ　ヒィーッ　ヒィーッ……

「薄気味悪い女の悲鳴みたいな声がスタジオに響いて」

スタジオの壁中に反響するように、押し殺した悲鳴が空気を揺らした。音源が何処からなのかわからない。

背中をさーっと滝のように冷たい汗が流れ落ち、尾てい骨の窪みに溜まる。

「チェ、チェックして」

内心、ソレが原因ではないと感じつつ、スタッフに女優の口のガムテを確認させる。放心していたスタッフが慌てて女優の元に駆け寄り、口に貼られたガムテに異常がないかチェックする。

「だ、大丈夫です…漏れてません」

わかっていたことだった。あの声は女優の口から漏れたものじゃない。

全員固まってしまった。

「もう無理、こりゃいかんってことで撮影は中断です。気の弱い助監督やメイクは帰るって言い出すし、そりゃもう困った困った」

集まって「どうしようか」と相談するスタッフたちから一人離れて、スタジオの隅に女優が座っていた。

また女が笑っているような気がして、Ｊさんは女を見ることができなかったという。

やっぱりこの女優じゃ無理、と思ったＪさんは事務所に電話をした。

「事情を説明して他の女優を呼んでもらおうと思ったんですが……たまげました」

「え？　どういうことですか？」

僕の問いにＪさんは呟くように答えた。

「女優は来てなかったんですよ」

「事務所が用意していた子は、タクシーが事故って怪我をしてスタジオに来れなかったんです。」

「じゃあ……」

「ええ、全然関係ない女がスタジオに入ってたんです。もう全員ビックリして、お前何者だ？　って女を問い詰めたら……」

ニヤーッと笑い、女はスタッフの間をすり抜けてスタジオの外に走り去ったという。

「ＡＶ業界は欲望の渦のど真ん中。金と女と暴力と。まあ、私は暴力には関係しませんでしたが、金で女を道具として扱うんだから同じですよね。女の子だけじゃなく、周りも廃人になったり、自殺したりや病死したりする人が多い。そういう世界だからとにかく変なのが……オバケが集まるんですよ」

「はぁ……」

いや、確かにすごい話だった。だがしかし——。

「それってただのおかしな女……たとえば元ＡＶ女優か何かだった女が入り込んでイタズラしたとかいうんじゃないんですか？」

と問う僕にＪさんは首を振った。

「あれはオバケですよ。だって撮影したビデオ確認したら……」

口が裂けていたという。

撮影したビデオの中の女はすべての画面で口が耳元まで裂け、その裂けた口を歪めて笑っていたらしい。

「あれが人間なわけないでしょう」

紫煙を吐き出しながらＪさんは吐き棄てるように最後にそう言った。

その後、そのビデオがどうなったかは知らないという。

AV女優 2

ようやく怪談が書き溜まり、編集者と共に実際の本に入れる怪談の選別と校正に入り始めた頃だった。

AV女優の話の校正にとりかかったその時、僕の携帯が鳴った。

こんな朝早くから誰だろう？　と思いながら着信表示を見て驚いた。

なんという偶然だろう。電話は怪談の提供者の元AV監督Jさんからだった。

「起きてましたか！　よかった！」

半年振りに聞くJさんの声の、取り乱した調子が僕を不安にさせる。

〈やっぱりあの話は出さないでくれ〉という話ではないかと、それをまっさきに懸念《けねん》した。

特殊な業界だから充分あり得る。

「何か……問題でもありました？」

恐る恐る訊ねる僕に
「あった、あった！　大ありです！」
興奮したJさんの返事が返ってきた。

新宿の喫茶店で再会したJさんは、なんとAV業界に舞い戻っていた。

「勤めていたデザイン会社が潰れましてね」

しばらくぶらぶらしていたらしいのだが、ネット配信事業に乗り出した在籍していたAV事務所に声を掛けられたのだそうだ。

「昨夜から事務所に篭《こも》って、撮ったばかりの新作のビデオを編集してたんすけど……撮影時には気付かなかったんすが、和室の撮影シーンで天袋のところが途中で少し開いてるのに気付いたんすよ」

よくあることなのだそうだ。

「怒りましたよ。誰だよ、こんな所開けたの！　カットが繋《つな》がらなくなるじゃんか！　って」

時間を開けて撮る場合に、状況を再現し損ねる。

映画の物語中、昼だったのに外に出ると夜になっていて観客を失笑させる。

最低映画監督として名高いエド・ウッドがよくやらかしていたミス。それと同じだ。

「やっちまったー！　このカラミ、没にするしかないかぁ」

頭を抱えるJ氏。

だが、ふと「おかしい」と気づく。

ビデオでは延々とカラミのシーンを撮影していて、休憩も殆ど入れていない。

ましてやJさんはその狭い八畳の部屋から動いておらず、身長一七五センチの彼が背伸びをすれば届く高さの天袋を開ける人間がいたら、気づかない筈はない。

では何故開いていたのか？

しかも、フィニッシュのシーンでは天袋が閉じているのはなぜ？

誰かが気づいて閉じたのか？

いや、有り得ない。

その場にいたのはカメラを回すJさんと女優と男優だけだったのだから。

一気に喋るとJさんは冷めたコーヒーを一口啜った。

奇妙な寒気を感じながら、僕はさっきから一番気になっていることを尋ねた。

「その隙間に……何か映ってたりしましたか？」

Ｊさんはゆっくりと頷き、メモ帳に簡単な絵を描いて私によこした。

僕は何が描いてあるのかわからず首を傾げた。

するとＪさんはジェスチャーでメモ帳を九十度回転するように指示をした。

「うっ！」

指示に従ってメモを回転させた僕は唸った。

平行に書かれた線の間には……

黒目の無い目が四つと手が三つ。グシャグシャと描かれているのは髪の毛だろうか。狭い隙間にバラしたパーツを無理やり詰め込んだように描かれていた。

「ね、凄いでしょ？　拡大したらそんな風に見えたんです。でも一番の問題は……」

「あの女によく似てるんすよ」

Ｊさんが遭遇した〈スタジオに入り込んでいた謎の女優〉に顔がそっくりなのだという。

「…………！」

絶句し、うつむく僕。再び現れたということ？　しかも進化して？　いやこれが実体なのか？　それにしても……このタイミングって。

〈話を世に出すな〉というあの女からの抗議ではなかろうか？　どうしよう。どうすればいい？　この話は編集も気に入ってたのに……。

でも……。

予想外の展開に言葉が見つからない。

どうしようどうしようどうしよう……と、そればかりが頭の中を廻っている。

尻の辺りから全身に、ゾワゾワゾワゾワゾワと何かが這い上がってくる感じが続いていた。

恐ろしくてたまらない。

「どうします？」

Jさんの声にハッと顔を上げると、氏は笑っていた。

「え？」

「見ます？」

Ｊさんはにこやかな笑顔でそう言った。

「え？」

「今事務所に来たら、そのビデオ見せますよ。商品だからコピーはちょっとできないんすけど、オレ一人で見るの勿体ないし」

「え、あの、その……」

僕は予定があるからと丁重に申し出を断り、しきりに残念がるＪさんを置いて逃げるように帰宅した。

怪異が大好きな僕が、何故ビデオを見に行かなかったのか？　と読者の皆さんは思われるだろうが、怖かったのだ。

ビデオが、ではない。

Ｊさんがたまらなく怖かったのだ。

ビデオに写りこんだ異形の女の話だけに悪寒がしたのではなかった。

目の前に、目を輝かせてにこやかに座るＪさん自体に恐怖を感じていたのだ。

何故なら僕は聞いてしまったから。

Ｊさんが描いたメモから顔を上げた瞬間、耳元で囁かれた小さな女の声を――

コイツガコロシタ

最初は意味を取れなかった音が、Ｊさんの笑顔を見るうちに言葉になって脳に突き刺さりこだました。

こいつが殺した……こいつが殺した……こいつが殺した……

あとはもう自分が何と言ってその場を辞したかよく覚えていない。

Ｊさんが所属していた事務所が非合法組織の運営する会社であるのをネットの某巨大掲示板で知った。過激な内容のビデオで収益をあげ、警察に何度も摘発されているという曰くつきの事務所。

〈行方不明になった女優もいる〉という書き込みを見つけた時は思わず膝が震えた。

あのままついて行っていたらどうなっていたんだろう?

Ｊ氏から連絡が来ないことを今は日々祈っている。

遺書

イベントで知り合った、ある水産加工業社に勤めるZさん。

過去、幾つもの怪異譚を僕に提供してくださった方だ。この本にもZさんから戴いた話がいくつか入っている。

お聞きした話を僕が怪談に仕上げていく過程を見ているうちに、Zさんも自身で文章に起こし始め、メールで送ってこられるようになっていった。

めきめきと上達していくZさんの文章力。怪談力。僕はそれをリライトするだけという、非常に助かる方だった。

それが、急に怪談を送ってこなくなった。

「会社倉庫に現れる幽霊の目撃談を採集中です」

というメールを最後にぱったりと連絡が来なくなってしまったのだ。

「締め切りはまだまだ先。たぶん仕事が忙しいのだろう」と、気長に待つことにしたのだが、先月の夜中にこれまた急に連絡が来た。

「やっと来た！」

と喜んでメールを開くと、以下の文章が入っていた。


お久しぶりです。

Zです。

怪異ではないので、お気に召すかどうかわかりませんが、実話です。


ある男がいました。

男は九州のある会社に努めて十数年の、中堅事務職でした。

男は酒とギャンブルが大好きで、お金があるうちは毎晩のように飲み歩くといった暮らしを何年も続けてきました。

もちろん、一介の事務職の給料というのはたかが知れています。

それなのに、男は何年もその生活を続けてきました。


男には不思議な金運がありました。お金に困るとある程度のまとまったお金が舞い込む、またはお金になるようなイベントを作る発想にも秀でていました。

時には交通事故に遭い示談金が入ったり、飲み過ぎによる胆嚢不全で胆嚢摘出をし、百万以上の保険が下りたりとお金に困ることはありませんでした。


そう、四年前までは。

齢《よわい》三十も半ばになろうかと云うときから男の廻りに金が舞い込まなくなってきました。

しかし、男は今までの生活を辞めることができない精神状況に陥っていたのです。

勿論、本人は何も気付いてはいませんでした。いや、見えない振りをしていたのかも。

そのうち、男は罪を犯し始めてしまいました。初めは小さな、そしてそれは直ぐに後戻りできない状況へと変わっていきました。

そして、一昨日。

ついに最後の時が来たのです。


仕事を終えた男は、何気なく再度職場に戻りました。そこには、同僚が二人待っていました。男はその不穏な空気をすぐに感じ取りました。自分のしてきたことを彼らは知っていると直感しました。

どうにか誤魔化すことができないかと試行錯誤しましたが、時すでに遅し。

同僚二人に問い詰められ上司にも連絡が行きました。


その数分後……。

多くの管理者に囲まれ男は罪を認めました。

そして話をまとめるためにと次の日に事情聴取を受けることになりました。

すぐに答えを出すのではなく、自分で考えることができるだけの時間を得たのです。

ロッカールームでネクタイを外し、普段着に着替え帰ろうとしていました。
そのまま帰るはずでした。

しかし、男は気付くといつの間にか、二階にある男子トイレの個室の中にいました。
着替えたはずのシャツを着て、ネクタイを手に持って。
扉の上部には、荷物かけのフックが。
何も考えず、男はネクタイを固く固く結び、首にかけフックへとぶら下げました。

何も考えてはいませんでした。
このまま、足を前に出して腰を落とせばそれですべてが終わる。
男は足を出来るだけ前に出し、力を緩めました。
すぐに首にネクタイが食い込み喉を締め付けます。
ネクタイがギュギュっと音をたてました。
外れてしまうのではと思いましたがしっかりとフックにかかって男の喉をしっかりと支

え続け……

しかし、苦しいだけでなかなか意識はなくなりません。

それどころか、恐怖心ばかりが大きくなっていきました。

男は、一度ネクタイを外しました。

ネクタイの食い込みが足りないのだと思った男はネクタイを捻り、さらに一度首に巻き付けたうえでフックにかけることにしました。長さが心配でしたが、足を伸ばせばちょうどいい長さに。逆に先程より楽にいけそうでした。

と、バイブモードにしていた携帯が震え、画面に妻の名前が。

男は携帯を握りしめたままバイブが収まるのを待ち、そっと携帯の画面を開き着信を確認。

その時、男は一つやり残したことに気付きました。

妻と両親に宛てた遺書を書くことを忘れていたのです。

いや、書くという儀式を必要としたのです。

遺書を書くことによって死ななければならない状況に自分を置くために。

最初に妻と子ども宛に、次に両親へ、最後に自分を発見した人へ。


本当に簡単な文章でした。

残された者には何も伝わらないのではないのか？　と思うほどの短い文章。


しかし、男は満足でした。

再度、首に巻き付けたネクタイをドアのフックにかけ、足の力を抜きました。

巻き付けた分だけ、先程より更にネクタイは首に食い込み、音がトイレ内部に響き渡り……。


閉じた瞼《まぶた》がゆっくりと真っ暗に染まっていきます。

『これがブラックアウトってやつやな。これで意識失ったら終わるんや』

男は冷静に自分の体が痺れて行くのを感じていました。

しかし中々意識がなくなりません。それどころか、身体が何とか気道を確保しようともがくのです。
ギュウギュウに締まったネクタイの隙間から息が通ります。
あと少し、もう一寸で終わる……。
その時間が永遠と続く様な感じでした。

その時、背後に人の気配を感じました。トイレに二人の人間が入って来たのです。
男は、話声からその人物が会社の社長と工場長であることに気づき、息を殺して二人が出て行くのを待ちました。

ここで、二人に見つかっては救急車を呼ばれ、蘇生される可能性が上がる。
男はあくまでも冷静でした。
今度こそ《さようなら》です。
ああ、静かだ………

ここでメールは終わっていた。

「これはZさんの遺書じゃないか！」

呆然としていた僕はようやく我に返り、慌ててレスしたが返信は来なかった。

これはネタなのか？　悪戯なのか？　……にしても描写がリアル過ぎる！

昔聞いた平山夢明氏の言葉が脳裏に蘇った。

《怪談を書き始めると怪異は勿論だが、人の死ぬ場面にやたらと出くわすようになるぜ》

「ウソだろ……！」

混乱した頭のままPCモニターを見つめ返事をひたすら待ったが、朝になっても連絡はなかった。

真実なのか、ウソなのか、生きているのか、死んでいるのか、Zさんからの連絡は未だ来ない。

それから遺書を読み返す度に、姿は見えないのだが……俯《うつむ》き黙って僕の横に佇むZさんの暗い気配を感じ取るようになった。

それは〈死の世界が侵食してくる〉とでも言えばいいのか？

においが消える、味がしなくなる、感情の起伏がなくなる、五感が薄まり死人になってしまったような感覚に満たされる。

生きながらにして〈死の感覚〉を味わえる。

「お前連れて行かれるよ。その遺書デリートしろよ」

と、友人たちはこぞって僕に遺書を処分するように促したが、僕が笑って取り合わなかったため、彼らも諦め何も言わなくなってしまった。

今こうして書籍の形でZさんの遺書を公開できるのが何より嬉しい。

僕の家

1　滑る人

〝お化け屋敷〟に住んでいたことがある。

僕が田舎から一人上京し、東京の学校に通っていた頃だから今から三十数年前の話だ。一学期が終わり、九州の自宅に帰省したときのことだ。午後二時ごろだったか。実家に辿りつくと、その玄関に貼り紙が貼ってあった。

「今日、引っ越したから。ここに来て」

父親の筆跡に間違いはない一言と、簡単な地図。

「そんな話聞いてねえよ」

引っ越しなど思いもしなかった僕は、両親の突飛な行動に驚き呆れつつ、示された場所へと慌てて向かった。

歩いて十分程のところにその場所はあった。

道路に停めたトラックから荷物を運び入れている父親が、僕に気付いて近づいてきた。

「おかえり。どうだ､ビックリしたか？　いい出物があったから買ったんだ。いいだろ！」

得意げに見やる父親の視線に釣られて、その家を見上げた。

確かに、それは二階建ての立派な和風住宅……いや、豪邸だった。

促されて家の中に入った。

門を抜け綺麗に手入れがされている庭を過ぎると、そこには大きな玄関がある。その玄関扉を開くと、これまた広い廊下が奥へと続いている。

廊下を挟んだ部屋は今は扉が開け放たれているが、すべてが広く贅沢な仕様になっている。太陽の光が大きなサッシから注ぎこんでいる。

「どうしたの？　この家？」

「安かったんだよ」

興奮する僕に、父親はニヤニヤと笑いながら声を上げた。

何もかも豪華な家の中だったが、何かが変だった。

不思議な違和感が気になる。何かはわからないが何かがおかしい。

玄関で靴を脱ぎ、廊下を進んだ。そこでわかった。

廊下の形状がおかしいのだ。

家の中央部分に位置する玄関から続く廊下は、家を左右に二分している。

廊下の幅は広く、それはまっすぐに奥に続き、突き当たって左に曲がる。

曲がったとたん、半分ほどの幅に狭くなる。そして急に暗くなる。玄関から角までの明るさから一転、窓がない壁と部屋の壁に挟まれているからだ。そして細く暗い廊下は今度は右に折れて奥へと続くが、その途中は押入れとの扉が並ぶ。

「廊下、狭いな。この押入れ、使いづらくない？　大きなものは扉がつかえて入れられないじゃん」

思わずつぶやく。そして、その廊下の先は二階への階段である。玄関からのゆったりとしたアプローチに比べ、二階への道程はまるで拒まれているかのような閉塞感だ。

「なんでこんなデザインにしたんだろう？」

ぼんやりと考えていたら、台所で作業をしていた母親がやってきて言った。

「帰って来たばかりで疲れたでしょ？　二階はまだ荷物入れてないんだけど、上がって奥のゆき子（妹）の部屋はベッドがあるから昼寝でもしといたら？」

片付けでごった返す一階から体よく追い出される形で、僕はその細い暗い廊下を進み階段を上がった。二階には三室あり、手前の部屋から一つ一つ見ながら奥にある妹の部屋に向かった。

妹の部屋だけが洋室で、入口のドアを開けて真正面に備え付けのシングルベッドがある。蒲団はまだ置いていなかったが、座布団があるところを見ると、すでに父親が試しに寝てみたのかもしれない。

妹が部活から帰ってくるまでしばらくある。

「中古なのにまだ全然新しいなぁ。どんな人が住んでたんだろう？」

ベッドに横になりツラツラとそんなことを考えているうちに、いつの間にか僕は眠ってしまった。

目覚めた時、部屋の中は真っ赤だった。二階の窓から入る夕日が室内を赤く染め上げていたのだ。

僕はベッドでまどろみつつ、部屋のドアをボンヤリと眺めていた。

突然ドアが開いた。そこには見知らぬ着物姿の老婆と中年の女性が立っていた。

二人は黙って室内に入ってきた。

(近所の人が家の見学にきたのかな?)

なぜかそんな風に考え、僕は起き上がりもせずに横たわったままその姿を見ていた。二人は滑るようにゆっくりと僕に向かって近づいてくると、目前でカクッと並んで直角に左に曲がって視界から消えた。その先にはクローゼットがある。

(クローゼットを見てるのかな? このまま寝ていても平気かな?)

物音一つしない。

だんだんと意識がハッキリしてきた。起き上がり部屋を見回した。起き出してクローゼットを開けたが、そこも誰もいない。

「夢か?」

一人ごちたが、ドアは開け放たれたままだ。

微かに漂う線香の香りを嗅いだとき、「あ、しまった」と思った。

ここにはいる。あの二人は滑るように移動していたではないか。

そのときにそう思ったのに確かめようとしなかった。それは調べてなにかが出てきてしまうのが怖かったからだと思う。

でもそのおかげで、僕ら家族はそれからずいぶんと悩まされることになるのである。

近所では噂になっていたという、お化け屋敷に。

2 声

気づけば、それが始まっていた。

僕の夏休みは始まったばかりだった。二階の和室を陣取り、学校の課題と漫画描きに集中する毎日を過ごしていた。

そんな中、気づけば〝声〟が聞こえる。

宮崎弁特有の強い訛《なま》りのある女性の声が怒鳴《どな》り散らすのだ。

昼夜を問わず、突然耳元で聴こえてくる。

〈あンをしぉとヵ！〉

〈バカトレが！〉

〈はォせグか！〉

何を言っているのか聞き取りにくいが、その激しい口調から怒っているのだろう。

はじめは耳鳴りかと思っていたのだが、どうもそうではないようだ。

声は日を追うごとに強く激しくなってくる。

朝だろうが真夜中だろうが、突然頭の周囲を囲むように聴こえてきては、十分ほどするとラジオのボリュームを下げるように小さくなって消えた。

その頃の僕は、東京の学校で知りあった友人たちの画力や知識量に圧倒されて精神的にショックを受けていた。

将来漫画家としてやっていけるのかどうかで悩んでいたプレッシャーから《自分は心を病んだ》と思い家族や友人にも相談できずに悩んでいた。

ある日、居間で妹と二人でテレビを見ている時に、ふとつぶやいてしまった
「最近……声が聴こえるんだよな」
「え？」
怪訝《けげん》な表情で妹が僕を見る。あ、しまった、と思ったが止まらない。

「声だよ。いつも怒ってる声でさ……」

「それって……」

妹がさえぎるように問い返してきた。

「宮崎弁のお婆さんの声じゃない？」

「え⁉　まさか……お前も？」

「うん、しょっちゅう聴こえてる。宮崎弁で怒鳴り散らすお婆さんの声……お兄ちゃんにも聴こえてるの？」

絶句した。妹にも僕と同じ声が聴こえていたのだ。そして妹も自分だけに聴こえている幻聴だと不安で黙っていたと知り驚く。

精神的なものではなかったと安堵したが、今度は別の恐怖がこみ上げてきた。

「じゃあ、あの声って……誰の声？」

妹には黙っていたが、引っ越し初日に見たあの二人……着物姿の老婆と中年女性の姿を僕は思い出していた。

その夜、帰ってきた父親を捉まえ、

〈おかしな声が聴こえてくる〉ことを伝え、〈前の住人がどんな人達だったのか〉教えてくれるよう頼んだ。

はじめは鼻で笑って聞いていた父親だったが、しつこく食い下がる僕らに突如、

「買ったばかりの家に難癖つけるのか！」

と怒声を浴びせてきた。

普段、寡黙《かもく》で静かな父親の豹変に僕と妹は唖然とした。こんなに激怒した父親の姿を見るのは初めてだった。

真っ赤になって怒鳴り散らす父親の言葉がどんどんきつくなってくる。

「あンをしぉとヵ！」

「バカトレが！」

「はォせグか！」

父の声のトーンが徐々に上がり、金切り声になっていく。

父親の凄まじい剣幕に泣き出した妹は気付いていなかったようだが、それはあの声に似

ていた……いつも聴こえてくるあの老婆の罵声に……

その時、僕らの様子を伺って台所に立っている母親の姿が見えた。

妹は号泣している。僕はもう、どうしていいのかわからず母親に助けてもらおうと、目で合図を送る……。

――笑っていた。

父に罵倒され泣いている僕らの姿を見て、母があざ笑っていた。

3 妹

新しい家での夏休みが終わり、東京に戻った僕は必死の思いで漫画に打ち込んだおかげもあり念願の雑誌デビューを果たし連載も取った。

目標を達成できたと一時は舞い上がったが現実は厳しかった。

まだ十代だった僕の画力は乏しく、雑誌掲載された自分の作品は見るも無残な出来栄えだった。

原稿料も信じられないほど安く生活もままならない。

おまけに早すぎるデビューは仲間たちの反感と嫉妬も買ったようで僕は孤立する。

追い詰められて、結局は勝手に休学しアパートも引き払い、逃げるように九州の実家に帰ってきた。


そんな僕に両親は何も言わなかった。僕はただぼんやりと日々を過ごしていた。

そんなある日。両親が買い物に出かけた家で、妹と二人でコタツに入ってテレビを観ていた。

「なんで帰ってきたの？」

テレビ画面を見つめたまま、妹が突然口を開いた。

「え？」

「この家シャレにならんよ」

突然の問いに言葉を詰まらせた僕に向かって、妹は正面から視線を合わせた。

その奇妙な表情にギョッとした。

表情のない魚のような冷たい目で僕を見つめている。

「一人でいると落ち着かなくなるんだよね」

まばたきを忘れたように僕を見つめたまま、妹はポツリポツリと話し始めた。


自室で勉強していると妙な気配がするのだという。

「なんだろう?」

周りを見渡しても何もいない。

勉強に集中しようとするが、やっぱり気配を感じて落ち着かない。

ある夜、カーテンを閉め忘れた部屋の窓に映った自分の姿を見て気がついた。

「夜になるとサッシが鏡状になるでしょう。ガラスに映った自分の姿がおかしいの。後ろ髪がはね上がってるんだよね。束ねた長い髪がさ……」

彼女が自分の姿を凝視している間も、束ねて後ろに流してある髪の毛が持ち上がりゆっくりと上下に揺れる。

見えない「何か」が自分の後ろにいて髪をいじっている!

そう思い至ったとたん、妹は部屋を飛び出して階段を駆け降り、両親が眠る寝室に駆け込んだ。

「あの曲がった狭い廊下を抜ける時が一番怖かった。だって……背中のすぐ後ろにべったりと何かが張り付いているんだよ。息遣いが首筋にかかって。私の背中に顔を近づけた体勢のまま、誰かが追いかけてきていたの」

両親の寝室に飛び込み後ろ手に障子を閉めた瞬間、

ガタガタガタガタガタガタ——————ッ！

「背中の障子全体が激しく揺れたんだよ。外から誰かが揺するように」

寝ていた両親も飛び上がり、聞いていた僕も飛び上がった。

「あの声も相変わらず聞こえているし……。父さんも母さんも聞いてる筈なんだけど、誰も認めようとしない。特にあの廊下が怖い。この間、友達が飼い犬を連れて遊びに来たんだけど……」

友達の犬は突き当たり先の、誰もいない暗い廊下に向かって一心不乱に吼えたてた。そして泡をふいて倒れてしまった。

「あれから友達も気味悪がっちゃって……口もきいてくれない」

暗い目で妹がゆっくりと囁くよう語りかけてくる。

「この間、父さんが母さんに話しているの聞いちゃったんだけど……あの廊下にある押入れに何が入っていたか知ってる？　お兄ちゃん」

「え？」

「仏壇」

どういうことだ？

「前に住んでいた人、あの暗くて狭い押入れに仏壇を入れてたんだよ。普通、あんな場所に仏壇入れないよ、わけわかんないでしょ。……それを父さんと母さんが嬉しそうに話してんだよ。なんなのあの人たち？」

この家はなんなんだ？　みんなどうなっちゃったんだ？　僕は一人混乱するばかりだった。

そんな様子を見て、妹はクスリと笑うとこう言った。

「この家がお兄ちゃんを連れ戻したんだと思うよ。私、来年卒業で春から東京の大学行くんだよね。私がいなくなったら……次はお兄ちゃんの番」

妹の目がいっそう暗くなったような気がした。

「アタシの分も怖い思いしてね」

その瞬間からまたあの老婆の声が聞こえ始めた。

4　音

春になり、妹は東京の大学に行ってしまった。

入れ替わるような形で僕は実家に住むことになった。

二階の和室の部屋に篭り、一人コツコツと売れない漫画を描いていた。

家族三人だけの広い家はとても静かで、夜中に作業をしていると、隣の今はいない妹の部屋で、誰かが歩き回る音が聞こえてくる。

あれ？　と思った瞬間、突然線香の匂いが部屋中に充満する。

老婆が怒鳴るあの声も相変わらず続いていた。

両親だって絶対何かを感じている筈なのだ。それなのに無視をしているというか……いや、あえて見ないようにしているのか、まともに取り合ってくれない。

どの現象も一人のときに起きるものなので実証性はない。

友人たちにも相談したが曖昧《あいまい》な顔をされるだけだった。

ふと、部屋の位置が怪異と関係あるのではないか？　とひらめいた。

あちこちと家の中で居場所を変えてみると、一階の居間と台所から離れた和室が比較的落ちつけることに気付いた。

不思議とそこでは怪異は起こらなかったので、僕は安心してその一階の和室に居つくことにした。

そんなある日、友人二人が家に遊びに来た。

一人はよく来ていたが、もう一人は最近になって仲間に入りその日はじめて家に来た男だった。

広い家に驚いたのか落ち着かない様子で、キョロキョロと室内を見回している。

もう一人の友人が天井を指差しおどけて言った。

「この家って、お化け屋敷なんだぜ！」

その瞬間、

バタバタバタバタバタバタバタバターーーーッ！

何者かが天井裏を端から端まで走り抜けたような凄まじい音が室内に響いた。
友人は天井に人差し指を向けた体勢のまま、真っ青な顔で固まる。
「え？　なにこれ？」

「!?」

驚く僕らをからかうようにまた、

バタバタバタバタバタバターーーーッ！

またも端から端まで走り抜ける大きな音。

バタバタバタバタバタバタバターーーーーッ！

繰り返し走り回る音に、みなで黙って天井を見上げる。

ネズミだろうか？　いや、そんなはずはない。音が大きすぎる。一体何が走り回っているのかまるで見当がつかない。

「で、出よう！　この家出よう！」

我に返った友人たちは、慌てて外へ飛び出していった。

第三者と体験したことで〈やはり僕の気のせいじゃなかった〉と確認できたのは収穫だったが、この件以来友人たちは誰一人家に遊びに来なくなってしまった。

5　不思議な金縛り

「怖いもの見ちゃったよ」

ある夕方、出先から帰ってきた僕を青い顔をした母親が玄関まで迎えに出た。

聞けば、寝室で昼寝をしていたら突然身体が動かなくなったのだという。

いわゆる金縛りである。母親にとっては初めての体験だった。

「タオルケットをかぶって畳の上に横になってたら、キィィインと金属音のような音がして。急に身体が動かんごなってさあ」

なんだこれ？　と焦っていると人の気配がしてきたのだという。

「お風呂に水が溜まるみたいに、どんどん気配が濃くなってくんだよ。そしてさ……」

何者かが上から、横になっている母親をじっと見下ろしている。その視線が全身に突き刺さるように伝わってくる。

初めての金縛りをユウレイとかオバケの類いではなく「強盗だ」と思った気丈な母は精神を集中し、なんとか瞼《まぶた》をこじ開けた。

「見なきゃよかった」

泣きそうな顔で母親は言った。

「黒い大きなドーナツだったの」

なんとか瞼をこじ開けた母が見たものは、自分の腹部の上に浮かんでいる真っ黒で巨大なドーナツ状の塊《かたまり》だったのだという。

「そのドーナツを額縁のようにして、中心に男の顔が浮かんでいて……それが私をじっと見ていて」

「知ってる人だったの？」

思わず訊いてみた。

「まさか！　全然知らないよ！　あんな男」

「どんな男だったの？」

「背広を着たすごい釣り目の男。無表情でじっと見てるのよ。それに……木の実が……」

「木の実？」

おびえた母親から不釣合いな「木の実」という言葉が出てきて、僕は正直とまどった。

「その男が握った手から木の実を落としてくるのよ。コトン　コトンって……それがお腹に落ちてくる、その音がはっきり聞こえてね」

「それなんなの？　本当に木の実だったの？　なんで落としてくるの？」

「そんなのわかんないよ！」

母親は困ったように首をひねった。

結局、そのつり目の男は木の実を母親の腹部に落とすと、徐々に薄くなり消えてしまったのだという。

それと同時に金縛りが解けて動けるようになった母親は、咄嗟《とっさ》に木の実を捜したが見つからなかった。

まったく、わけのわからない話だったが、それから数十年後に僕は慄然とする。日本中を席巻したホラー『リング』に出てくる恐怖のビデオ映像。井戸に落とされた貞子が井戸の中から上を見上げる映像にそっくりだったからだ。

その家の裏にはコンクリートで塞がれた井戸があった。

今はもう住んでいない家だから確認など出来ないのだが……いや、たとえ住んでいたとしても確認などしたくないが、母がもし井戸の中からの映像を見たのだとしたら……

あの井戸の中には……

6　深夜の騒動

金縛りの一件から母親が僕の言い分を信じ、味方になってくれたのはありがたかった。

さっそく二人で父親に、この家の前の住人のことを訊き出そうとした。

しかし父親は相変わらず何も教えてくれない。家族みなが不思議に思うほど、この家をとても気に入っているのだ。

またあの恐ろしい癇癪を起こされるのもたまらないので、僕も今一つ強引に詰め寄れなかった。

そんなある日、仕事が立て込んできて深夜に及んだ僕は、一階で眠る両親を起こさないようにと仕事道具を持って二階の和室に移動した。

みな寝静まり重苦しいほどの静寂に包まれた部屋の中で一人仕事を進めていると、突然〈グラグラッ〉と家が揺れた。

続いて〈カチャカチャカチャ〉という音。

突然のことに身体が緊張した。音は屋根の上から聞こえたように感じた。

最初の〈グラグラッ〉は屋根に誰かが飛び乗った衝撃。

次の〈カチャカチャ〉は屋根瓦の上を誰かが歩きまわる音。

咄嗟に「泥棒だ！」と思った僕は部屋の隅に置いてあったバットを持ち、窓のサッシを開けて、「誰だ!」と暗い外に向け恫喝《どうかつ》した。

逃げ出すならその音がする筈だが何の反応もない。外には黒々とした闇が広がっているだけだった。

(潜んでいるのかもしれない……侵入されたら大変だ)

僕は急いで二階の電灯をすべてつけ、全室の窓の鍵が施錠されているのを確認して回った。

再び作業のために和室に戻った僕は、ラジオをつけ、人がいることをアピールするが、何一つ物音は聞こえてこない。

……ただの聞き間違いか?

しばらく緊張しながら作業をしていたが、やがて夜が白々と明けてきた。

時計を見ると朝の五時。外が明るくなってきて緊張がほぐれたのか睡魔が襲ってきた。

我慢ができなくなった僕は一階に下り、居間のソファで横になった。


「父さん! ここ! ここにおるよ! 昌也! 昌也!」

母親の声で目が覚めた。

目を開けると両親が上から僕を覗き込んでいる。

さっき目を瞑《つむ》ったつもりだったが、もう皆起きる時間になったのかと身を起こした。

時計を見るとまだ五時半。横になってから三十分しか経っていない。

「ああビックリした！　二階に行ったら昌也がおらんからたまげて探しまわったとよ！」

父親は顔面蒼白になっている。髪は乱れ明らかに取り乱している。

何が何やらわからずポカンとしている僕に、母親は興奮しまくし立てている。

「えらい物音だったんだよ！」

よくよく聞けば、僕が二階で「強盗か」と物音に対して戦々恐々をしていたのと同じ時刻、寝室で眠っていた母親は凄まじい音で目を覚ました。


バタバタバタバタバタバタバタバタ──────ッ！

バタバタバタバタバタバタバタバタバタ──────ッ！

バタバタバタバタバタバタバタバタバタバタバタバタ───────ッ！

天井裏を縦横に駆け回る、凄まじい足音と振動。

何が起きているのか理解できず呆けたように天井を見ている母親も、冷静になってくる。

「私の子供時代にはよく天井裏をネズミが駆け回っていたけど、こんな音と振動は……」

「ネズミじゃないな」

隣で寝ていた父親が突然つぶやき、母親は飛び上がりそうになったという。

「起きちょったとね。父さん！」

「ネズミじゃない。ネズミはこんな大きな音は出せん。猫か何かだ」

天井を睨んだままで父はそう言った。

それが一時間も続いただろうか、だんだんと駆け回る音は小さくなり間隔が長く飛び飛びになっていき静かになっていった。

おさまってきた、と川の字に寝ていた二人が安堵した瞬間……。


コロン……

「あの音が聞こえて来た時はぞっとしたよ」

母親が聞いたあの音……金縛りの時に聞いた「木の実」を腹の上に落とす音が聞こえてきた。

コロン……コロン……コロン……

音は室内で不気味に響き続け、先の足音と同じようにやがて消えた。

静寂に包まれた寝室で固まっていた両親は外が明るくなってきてのを見て、ようやく布団から這い出すと外へ飛び出したという。

猫が換気口から屋根裏へ侵入した形跡を探して回ったそうであるが、もちろんそんな物は見つからない。

家に戻り、そこでハタと気がついた。

「そういえば息子はどうしてるのだろう?」

二階に上がるが僕はいない。慌てて探すと一階の居間のソファで眠る僕を見つけたという次第。そんな状況にまったく気付かなかった僕も驚いた。

両親の話を聞いた上で、自分も夜中に窓の施錠を確認したり外に威嚇したりしていたことを話したが、両親は両親でそんな気配も音も動きも知らなかったという。

頑固な父親も顔色をなくしている。

すかさず僕は父親にたたみかけた。

「もうわかっただろ？　いいかげんこの家の前の持ち主のこと教えてよ！」

父親は観念したようにようやく話し始めた。


その家の持ち主は市内で金融業を営んでいた老婆だったという。

「金融業といっても、銀行が融資しない焦げ付いた連中相手の高利化しをしていて……」

疲れきったように父親が言う。

「言ってみればもうギリギリの人間の最後の一円まで剥ぎ取っているような酷いことをしていたらしい。そうやって貯めたお金でこの家を建てたとか。だけど建設途中で末期癌だとわかって結局そのまま家に入れずに亡くなったとか」

老婆はこの家にずいぶんと執着しており、入院先の病院で「あの家に住みたい。あの家に住みたい」と繰り返しながら息をひきとったという。

「婆さんが死んですぐに売りに出されたのを知り合いから紹介されたんだ」

「でも、こんな大きな家がなんで掘り出しものだったんだ？」

父親はもう目を合わさない。

「なんでも、個人的な高利貸しだっただろ？　焦げ付いて返せないっていう相手に対して折檻的なことや拉致みたいなこともやっていたっていうんだよ。噂では、人の何人かは埋まっているんじゃないかとか言われたりするぐらいにね。何があったかまでは知らないよ。こんな田舎じゃ忌み嫌われていたし、買い手がつかないが、親族はとっとと売ってしまいたいってことでね……」

僕の脳裏には暗い天井裏を駈けずりまわる和服姿の老婆のイメージが湧きあがり、鳥肌が立った。

「未練があったんだなあ」

呆けたようにつぶやく父親。

「この家のローン、昨日全額払い終わったんだよ。これで俺のものになったのに……」

その瞬間、
ドンッ

巨人が四股《しし》を踏んだような音が鳴り落ち、家中のガラスがビリビリと震えた。

7　面白い家

騒乱の夜から、父親はようやく引っ越しを真剣に考え出し、あちこちの新たな物件を見て回り始めた。

「その家に越してから父の商売もうまくいってなかった」と、後から母親にも聞いた。この家に執着してかなり強引に金を引っ張ったりしていたらしい。

出る、と決めてからは文字通り憑き物が落ちたかのように、以前の穏やかな父親に戻った。物音も、あの声も聞こえなくなった。

「ああ、これでようやくこの家から開放される。自由になれる」

喜んでいた僕に、父親がニコニコしながら近づいてきた。

「面白い家見つけたから一緒に見に行こう」

新しい物件見学だと思った僕は、父親の運転する車に乗って、その〈面白い家〉に向かった。

車は僕が小学校のときに通学に使っていた道に入った。「懐かしいなぁ」と感慨にひたっていると、車を停めた父親が指を差した。

「ここだよ」

「え?」

僕は驚いた。

そこは道路沿いの鬱蒼とした竹林だった。家なんてどこにもない。

戸惑っている僕を置いて車から降りた父親は、その竹林を分け入りながら入って行く。

僕も慌ててその後を追って、竹林の中に飛び込んだ。

(この道は通学路だったから何があったかよく知っている。ここに竹林があるのも知っている。でもこの中に家なんて……)

「あ!」

突然視界が開けた。

竹が渦を巻くようになぎ倒され、少年野球場くらいの広場となっていた。そしてその中心に不自然なほど白い壁と大きな縁側が印象的な古い家が建っている。

なんというか……家の真上で爆弾が炸裂し、周りの竹がなぎ倒されたような風景だった。

「一体どういうこと？」

立ち尽くす僕に父親が振り返り笑いながら言った。

「台風でこうなったらしいんだ」

台風でこうなった？　そんな馬鹿な。台風でこんなに規則的な渦状に竹が倒れないだろう。

唖然としている僕を置いて父親は広場の真ん中に建っている古い家の縁側から土足で中に入って行った。

そこで僕は初めて、その家が〈誰も住んでいない廃屋〉だと気付いた。

父親は引っ越し先を見に来たのではなく、僕にこの変わった風景を見せたかっただけだったようだ。

「なっ、面白い家だったろ？」

帰りの車の中で父親は上機嫌でそう言った。


その夜、僕はおかしな夢を見た。

真夜中、僕は自宅前の路地に立っている。頭上には月が昇っている。

「ジャンプしてみよう」

なぜかそう思い、一人でジャンプをしてみる。

ピョーンと軽く五メートルぐらい跳ね上がる。

「面白い！　今度は飛んでみよう！」

水平方向に飛んでみる。

飛べる！　ただし地上一メートル位、道路を這うような飛行だった。でも飛べる！

どんどん加速してみる。両側の道路の風景が後ろへ後ろへ流れていく。ひんやりした夜の風が気持ちいい。

気がつくとあの家の前に立っていた。

竹林の中の縁側が風情ある白い壁のあの廃屋である。

「なんでここに来ちゃったんだろう?」

ぼんやりと考えながら、なぎ倒された竹林の真ん中に立つ家と夜の月とのコントラストの美しさに見とれていた。

すると……廃屋の縁側の障子が〈カラッ〉と開き、浴衣姿の男が出てきた。

遠目だから顔はよくわからない。肌が白く背が高く、とても痩せている。そして撫で肩であることはわかった。

男は僕に気づかない様子で縁側に出ると向きを変え、縁側を歩き出した。

〈ヒョコヒョコ〉と躯を左右に揺らしながら不安定に歩いている。

横から見る男の躯は、撫で肩がさらに強調される。

なにか変だ……なにが変なんだ？　僕は目を凝らして見つめていた。

「……あっ！」

男は撫で肩なんじゃない、首が長いのだ！

気づいた瞬間に、男がこちらを見た。体躯は横向きのまま、首から頭がもったいぶったかのように円を描くと僕を見据えて止まった。目が合った。

「やばい！　やばい！　やばい！　これはやばい！　逃げなきゃやばい！」

突然、周りの映像が逆に流れ出す。後ろ向きに飛んでいるのだ。

廃屋と竹林が見る見る遠ざかっていき……目が覚めた。

全身が汗でびっしょりになっていた。夢にしてはリアルすぎる感触に僕は慄いた。

「あの家はなんだったんだ？」

翌朝、父親に昨日行った家のことを訊ねた。

文化財指定候補になるほどの歴史ある旧家なのだそうだが、家主は結核に罹り、長い療養生活のあと病気を苦に縁側で首を吊り自死したという。

（だから首が長かったのか……！）

絶句する僕に父親が嬉しそうに言った。

「面白い家だったろう？」

しかし、父親は、新居探しをそれきりやめてしまった。

怖い目に遭って、母親ともども「早く別のところに！」と言っていたのだが、一切その話はしなくなった。理由はわからない。

結局その後五年間、僕たち家族はその家に暮らした。

あとがき

この本を書き出してから色んな事が起きた。

書き始めてすぐ、友人の連れ合いが急死した。体調不良で病院で診てもらったら末期癌だった。なんの治療も出来ず、あっという間に死んでしまった。

次に、三十歳になったばかりのアシスタントが健康診断で不整脈が出て緊急手術をした。一命はとりとめたが八時間に及ぶ大手術だった。

そのすぐ後に、僕の連載漫画の担当編集が仕事中に大量吐血し緊急入院した。重度の胃潰瘍だった。

そして、本文にも書いたが、怪談の提供者が遺書を送ってきた後、音信不通になった。

原稿作業も大詰めに来た所で、今度はこの本の担当編集が倒れた。不整脈が出ていた。

すべてが三ヶ月の間の出来事だった。偶然にしてはあまりの不幸の連続に唖然とした。

唖然としたが……それでもやはり心霊は信じられなかった。

僕にかけられているらしい〈呪詛〉は相当に根が深いのだな、と改めて感じた。

二〇一二年九月　外薗昌也

異能怪談 赤異本

2012年10月6日 初版第1刷発行

著者 外薗昌也
デザイン 橋元浩明(sowhat.Inc.)
編集 中西如(Studio DARA)
表紙イラスト 里見 有
発行人 伊藤明博
発行所 株式会社 竹書房
〒102-0072 東京都千代田区飯田橋2-7-3
電話03(3264)1576(代表)
電話03(3234)6208(編集)
http://www.takeshobo.co.jp
振替00170-2-179210
印刷所 図書印刷株式会社

定価はカバーに表示しています。
落丁·乱丁本は当社にてお取り替えいたします。

ISBN978-4-8124-9089-1 C0176